베로니카의 사랑

그러니까 누가
베로니카를 사랑하고 있다는 말인가
언제부터 내가 베로니카를 사랑하게 된 건가
만난 적도 본 적도 없는 베로니카는
그러니까 언제부터 내 안에 오도카니 앉아 있었나
치렁치렁 춤추는 검은 머리카락의 향기를 맡는 적도
짚는 듯
슬픈 듯 폐광 같은 눈동자다
한 번도 마주친 적이 없는데
그러니까 내가 베로니카를 몹시 사랑한다고 고백해도
되는 것일까
아니다, 아니다
나는 베로니카의 겉모습만 사랑하고 있은 뿐
이번 생에는 그 깊은 떨림까지 훔칠 수 있다는 걸
안다
그렇다면 굳이 베로니카를 만날 필요가 없는 것이다
베로니카 혼자, 나는 사랑하면 족한 것이다
그러니까 나는

시인선 0134

발령 났다

시작시인선 0134
발령 났다

찍은날 ∣ 2011년 11월 1일
펴낸날 ∣ 2011년 11월 11일

지은이 ∣ 김연성
펴낸이 ∣ 김태석
펴낸곳 ∣ (주)천년의시작
등록번호 ∣ 제300-2006-9호
등록일자 ∣ 2006년 1월 10일

주소 ∣ (우110-034) 서울시 종로구 창성동 158-2 2층
전화 ∣ 02-723-8668
팩스 ∣ 02-723-8630
홈페이지 ∣ www.poempoem.com
전자우편 ∣ poemsijak@hanmail.net

ⓒ김연성, 2011. printed in Seoul, Korea

ISBN 978-89-6021-165-0 03810
      978-89-6021-069-1 (세트)

＊이 책 내용의 전부 또는 일부를 재사용하려면
   반드시 저작권자와 (주)천년의시작 양측의 동의를 받아야 합니다.

발령 났다

김연성 시집

2011

■ 시인의 말

사소한 욕망들이 목숨을 버리는 짧은 순간에
나의 눈빛은 어디에 박혀 있었나
이 소란하고 먼 거리에서

최초의 이미지가
헛된 비유법을 용서할 수 있을 때까지
상징과 은유가 마지막 악수를 나눌 수 있을 때까지

아무것도
어떤 진술도 내가 아니다
느닷없이 흩날리는 저 진눈깨비처럼

2011년, 늦가을, 奉天에서
김연성

■ 차 례

■ 해 설

나는, 없다

바람이 아니고
울음도 아니고
나는 네가 아니다

울음은 아니라고
바람은 나 아니라고
그대는 날 흔들고 떠나갔다

느닷없이 사방에서
번지는 함묵 속에서
소리는 서로 만나고
소리는 소멸한다

바람이 분다
울음소리 깊이 들린다
어디 있는가

바람 속에서 나는
울음 속에서 나는

독한 것들

세상엔 독한 것들 참 많다

저 검푸른 심연에서부터 치고 올라오는 태풍을 독하다
고 할 수 있을까

그 태풍이 지나간 자리,
일제히 북쪽으로 쓰러져 있는 풀들을 보고 독하다고 할
수 있을까
(단지 살아남았다는 이유로)

살아보겠노라
서울 한복판, 뙤약볕에 쭈그리고 앉아 노점을 하는 늙
은 할머니를 누가 독하다고 말할 수 있을까
(목구멍이 포도청이라는 이유로)

살다보면 독한 것들 너무 많아
아무 죄 없이 그것들만 보면 차라리 눈 돌리고만 싶었
는데
힘이 없기도 하거니와 모질지 못해 눈 감고 싶었는데
그 누가 독한 것들을 탓할 수 있을까

세상의 독한 것들은 모두 보호해야 한다
천막을 치고 촛불을 켜고 확성기를 들고
모두 광장으로
광장으로

이 세상엔 독한 것들 너무 많다

해바라기 테러

음악이 흘러나오자
점점 가속도가 붙는다 요정은
빙판 위를 물고기처럼 미끄러지듯 유영한다
완벽한 자세에서
고난도의 기술을 구사하는
그녀는

머릿속으론 긴장해도
일부러 자신 있는 표정을 짓는다고 말했다
수없이 미끄러지면서 극복할 수 있는 대상이
바로 자신이라는 걸 깨달았다

조명이 바뀌는 순간
관중석의 누군가 꽃다발을 던진다
포장을 완전하게 하지 않은
해바라기 속에서 검은 씨가 사방으로 흩어진다

기우뚱,
넘어질 듯
아슬아슬하게 회전하는 요정

탕!
마침내 한 발의 총성이 울린다
모든 시선이 그녀의 연기에 감염된다
마침내 피겨의 전설이 시작된 것이다

모르는 곳에 산다

내가 모르는 곳에 있다 우리는
서로에게 슬퍼질 때
오랜 지병(持病)이 찾아오고
외로움의 본적(本籍)은 짐작할 수 없는 곳이다
혼자 가난해지면
돌아갈 주소(住所)를 찾지 못한다

사람과 사람 사이 별의
푸른 심장을 향해 교신할 주파수는
점점 희미해지고
메니에르증후군으로 자꾸 눕고 싶어지는 날
지랄 같은 생존을 위해
오늘은 어떤 항체를 구해야 하나
최후에 뜯어먹을 한 점 빛의 혈육(血肉)도 없는데

어두워지는 가슴 안의 적소(謫所)이거나
얇은 바람이 후다닥 지나간 공터 위
희끗한 별 하나 돋는 날이면
생의 바깥쪽으로 걸어가는 당신이 기우뚱 보인다

내일 밤 폭설이 내린다
헛디딘 발자국 소리 지워지지 않는다
흰 눈을 뒤집어쓰고
눈 속의 풍경이 가장 무거워지는 한낮,
별이 녹는다 설맹(雪盲)의 시야 속에
한 마디 전언(傳言)도 남기지 않은
별빛은 더 이상 지상으로 흐르지 않는다

11월

잎들은 스스로 나무를 버렸다
빈 가지 끝,
가시처럼 11월이 걸려 있다
두 번째의 통증은 거대한 폭풍우를 동반할 것이다

짐승처럼 혼자
사람들 사이를 헤맨 나는
무릎걸음으로 지나간 시간을 추억했다

뼈 속까지 찬 허기를 꾹꾹 밟으며
아버지, 풍으로 쓰러진 집에 가지 못했다
내 안엔 걷잡을 수 없는 외로움이 짐승처럼 산다

먼 곳에서 어둠은
새벽안개와 자리를 바꿀 것이다
어떤 애증도 나를 완전히 지우지 못했다
질긴 가죽은 자주 발톱을 세웠다

사거리에 당도할 때마다
모진 마음은 천근만근의 사지를 머뭇거렸다

어머니, 홀로 아비 돌보는 상도동으로 스며들고 싶었다
더 늦기 전에 서둘러 강을 건너야 한다

멀리, 밤새 미쳐 놀아났던
네온사인도 눈물 빛처럼 어룽거리고 있었다

지휘봉을 놓치다

하루하루 흘러간다
저녁은 또 잘도 온다
휘둘리는 것에도 이젠 익숙하다
눈에는 장미의 가시
가슴에는 잿빛 석양
흉곽을 뚫고 지나가는 패배감도 이젠 정겹다
내가 언제 무엇 하나 지시한 적 있었던가
단 한 번이라도
내가 누구에게 명령한 적 있었던가
잡지도 못한 지휘봉, 자꾸
마음 끝에서 미끄러진다
형체 없는 치욕이 내 안에 떠다니고 있다
생의 지휘봉을 놓쳤다
나는, 벌써!

또
그대에게

그리움
속에
밤새도록
헛디딘
발바닥이
퉁퉁
부어
오늘도
절며
딛는
무서운
또
하루여!

토용(土俑) 하나

짝 잃은 토용 하나 있네
내 안에 순장되어 있네
아주 오랜 시간 거슬러 올라가면 거기,

흙으로 빚은 허수아비여
돌방무덤 속 차고 습한 곳
천 년 동안 옆으로 서 있었네
흙빛의 영혼 지키고 있었네
단 한 번도 습속(習俗)을 원망하지 않았네
어두운 곳에 오래 앉아 있으면
밝은 곳보다 더 잘 들리네
영혼의 숨소리까지 또렷이 보이네

못된 후손들 조상 발굴하던 날
사방에서 터지는 불빛, 불빛들…
그만 눈멀어 휘황한 곳에 전시 되었네
없는 무덤의
주인보다 더 유명해졌네
수상한 눈빛들이 날마다 몰려오네
내 한쪽은 도굴되어 세상 어디로 암거래 되었네

캄캄한 시간이여, 덧없는 육체여
나머지 하나의 토용이 필요하시면
기꺼이 그리움의 말뚝으로 시립(侍立)하겠습니다

당신, 다시 죽으면 환한 무덤 속까지
껴묻기로 따라가겠습니다
지독한 부재 속에 오래 남아
주인의 시대를 추정하겠습니다
내 영혼은 온통 당신의 토용입니다

구부러진 자세

한 사내가 허리를 굽혀 나무를 파내기 시작하네 사내의
등은 나무등걸처럼 구부러졌다 천천히 펴지곤 하네 건너
편 빌딩 사이 골목을 통과한 실바람이 나무의 등과 사내
의 등을 차례로 쓰다듬어 주네 지난여름엔 마른하늘에서
떨어진 낙뢰가 가장 큰 가지를 부러뜨린 적도 있었네 나
무의 등은 검게 타버렸네 먼 바다 쪽에서 올라온 태풍이
나무를 뿌리째 흔들고 지나갔지만 아직까지 버티고 서 있
는 것을 보면 기적에 가깝네 몇 달 전 영양주사까지 맞았
던 그는 구부러진 정신 겨우 추스르고 다시 꼿꼿한 자세
를 유지하려고 밤마다 먼 별을 향해 몇 남은 잎사귀를 손
전등처럼 흔들곤 하였네 바닥에는 보도블럭이 촘촘히 박
혀 있네

그 많은 잎과 물들은 모두 어디로 흘러간 것일까 누구
에게나 일평생은 직립을 위한 몸부림이 아닐까 사내는 구
덩이에 얼굴을 파묻고 다시 삽질을 시작하네 잔뿌리가 다
잘리면 나무는 커다란 기중기에 매달릴 것이네 잔뜩 웅크
린 자세로 허공에 뿌리라도 박을 듯 버둥거릴 것이네 멀
리서 달려오는 큰 바퀴 소리가 점점 가까워지네 몇 개월
뒤 뒤꼍은 여전히 아름다울 테지만 아무도 그의 행방을

수소문하진 않을 것이네 잿빛 태양도 구부러진 서편 하늘
로 기우뚱 넘어가고

망개나무의 노래

저 산등성이 어딘가에 서 있는 망개나무여
어긋나고 길쭉길쭉 타원형으로 자란 잎이여
비바람에 뜯겨나간 모진 마음이여
살배나무면 어떻고 멧대싸리라고 부르면 어떠리
내 모든 그리움의 자생지(自生地)는 어디 있을까
번식력은 약하지만 한번 뿌리박으면 잎들의 귀가 무성
해지리라
그리움의 기슭 어디쯤 오래 서 있으면
유월에 황색 꽃을 피우리라
팔월에는 타원형의 열매를 얻으리라
가지마다 붉게, 붉게 매달 것이다
아무도 근접할 수 없는 써렛발 같은 마음 근처
깊은 계곡 밑으로 흐르는 냇가에 굵은 자갈이 많고 흙
이 없는 바위틈에 서 있다네
황색 단풍으로 온 산 물들인다네
가을이 오면

조팝나무 꽃을 보면서

잎사귀가 나기도 전에
꽃을 피우는 절망나무여
삶은 봄의 건조한 뜰에 시들어 있다
어느 날
어느 때이고
몹쓸 그리움에 허기진 사랑이
도지지 말라는 법은 없는 것, 하여
숨 죽였던 덧난 상처는
쉰 조밥처럼
엉키고
또 엉키어
내 안의 어느 쪽으로
자꾸 하얗게 엎어져 갔다

수도꼭지의 말

한밤중 누가 노크 한다
어두운 마음에 안부를 전한다
가난이 짓무르도록 흐르고 싶었다
떨어지는 것은 물이 아니라 모진 마음이었다
언제부터인지 바닥으로 흐르고 싶었다
좁은 하수관 안으로 쏟아져,
꼬불꼬불 따라가면 푸른 바다가 되리라
검은 심연에 다다르리라

위풍 심한 창밖, 기온은 영하 13도
반지하 전세방에 옹기종기 네 식구
서로 홑이불 삼아 새우잠 자는 동안
수도꼭지 저 혼자 중얼거린다
얼지 마라, 얼지 마라
가난은 죄가 아니라 서로가
서로를 덮어줘야 할 온기와 같은 것이니
마음이 마음을 덮을 수 있다면
허기진 몸뚱어리도 조금은 따듯해지지 않겠나

어둠도 섣불리 침투하지 못하는

반지하 전세방 개수대에 붙어 있는
수도꼭지 말한다 곤한 식구들 깰까
밤새 가만가만 속삭인다
가난은 어둠과 같으니 한잠 자고 나면
다시 환한 때가 오리라 오랜 결빙의
시간 지나면 서럽도록 밝은 날이 오리라

똑
똑
똑
!
!
!

짧은 여행의 기록

1.

이름(예약자) : 김연성

소속 : 내 영혼이 숨 쉬는 곳

열차 : KTX

출발일 : 2006. 2. 18(토)

출발역 : 서울역

도착역 : 부산역

목적지 : 젊은시인들

원하는 출발시간대 : 10:00

인원(본인 포함) : 3명(1명 취소)

운임비(할인료 포함) : 내 영혼의 무게 + 1

왕복&편도 : 왕복

열차 : KTX

출발일 : 2006. 2. 19(일)

출발역 : 부산역

도착역 : 서울역

목적지 : 봉천(奉天)

원하는 출발시간대 : 16:00

인원(본인 포함) : 2명(개인사정으로 개별 상경)

운임비(할인료 포함) : 단 한 명 육체의 부피만큼 + 1

연락처 : 언제나 결번

2.

만남은 어떤 목적을 하지 않아도 좋았다 처음엔 김상
미, 김경선 그리고 나까지 3이였지만 김상미 시인은 뜻밖
의 약속으로 오지 못했다 부산의 김혜영, 안효희, 김미라,
김혜순, 박종인, 진주의 하재청, 평택에서 무궁화열차 편
으로 내려온 최동문, 인천에서 비행기로 날아온 연진영
그리고 2차 술자리에 기꺼이 참석해준 유지소, 김점미 시
인…

3.

시란 어두워지는 마음이 더 어두운 마음 안으로
천천히 걸어가는 것이다 그 깊은 곳에서
혼자 울어도 된다는 것이다
생의 긴 고백을 다 필사하는 것이다

광안리, 파도의 시퍼런 정사 소리를 밤새 들었으며

시시한 이야기는 밤의 적막 속으로 휩쓸려갔지만
다짐한 것은 아무것도 없었다
이별은 다음 만남을 기약하지 않아도 좋았다
우리는 오래, 서로의 마음에 안부를 전할 것이다

흰 눈

흰 눈이고 싶어라 미끄런 길바닥에서 그리운 마음과 접촉사고 내고 싶어라 아래로 쏟아지고 싶어라 가장 낮은 곳에서 스르르 녹고 싶어라 흔적 없이 흘러가고 싶어라 흰 눈 뒤집어쓴 큰 산속 나무 그림자처럼 밤마다 그렁그렁 울음 삼키고 싶어라 그 설움 안으로 저벅저벅 걸어 들어가고 싶어라 먼 그리움과 오래 내통하고 싶어라 한바탕 69하고 싶어라 흰 눈 위에 붉게 사정하고 싶어라 발정기 승냥이마냥 컹 컹 컹 한 마리 짐승이고 싶어라 흰 눈 속에 깊이 쑤셔 박히고 싶어라 아 천 지 사 방 흰 빛에 갇혀 수상한 내 마음 모두 얼음처럼 빛나라 얼어붙어라 그 눈 다 녹기 전에 덜컹거리며 미끄러지며 세상 끝에, 서 떨고 있을 더 추운 마음에게로 가고 싶어라 무턱대고 가고만 싶어라

그리움이라는 길 모두 흰 눈 속에 종적을 감출 때까지

모범이발관

설이 내일모레라
서둘러 동네 이발관으로 간다
일곱 살 아들과 간다 그곳은
온 동네 사람들이 모여 앉아 쑥덕공론 하는 곳
그날, 어떤 이는 죽고
또 어떤 이는 시대의 영웅이 되기도 하는데
설혹 머리 감지 않고 가도 되는 곳
그곳에 가면 나는 왕이다
두 다리 쭉 뻗고 고개 뒤로 젖히고
두 눈까지 감고 있으면
세상이 모두 내 영토가 되는 곳이다
액자 속 포효하는 호랑이 울음 뒤로
영웅호걸들은 느릿느릿 사라져가고
잡담처럼 검은 머리카락이 싹둑 잘리는 동안
이 세상 온갖 소문 접할 수 있는 곳
초라한 왕은 음모 같은 수염을 밀고
웃자란 일상을 자른다
귀지까지 파내면 명절이 바로 내일모레다

보아라, 눈 뜨면

꾀죄죄했던 아이의 눈도 빛난다
단돈 일만 원에
오천 원을 더 지불하면 문을 나온다
저 풍진 세상으로 다시 돌진한다
휘적휘적 봉천(奉天) 간다
23평 벽산블루밍궁(宮)으로 간다
휘파람 불며
어린 왕자의 손을 꼬옥 잡고

바람 들다

기흉이라는 병을 아는가
다시 말하면
허파에 바람이 들었다는 말인데
그 지독한 통증을 아는가

지하철을 타고 갈 때나
만원버스 속에서 갑자기
재채기가 나오면 억지로 참아야 한다
생리현상을 억누르면
몸 한구석이 탈이 나기 마련이다

그날, 내가 그랬다
수많은 낯선 얼굴 속에서 침 튀기며
검은
내부까지
설명할 수 없어 애써 참았던 것인데
그때 온몸에 바람 든 것이다

처음엔 사소하였으나
그 자그마한 기포가 생긴 후부터

흉곽이 따끔거리고
나중에는 호흡조차 힘든 것이다

최초의 연애도 그랬다 서툰
사랑도 몹쓸 이별까지도 그랬다
삶이란 갈수록 기가 막힌 것이다
어느 날, 내 영혼엔 애증의 바람 숭숭 들었다
긴 통증이 몰려올 것이다
오래 그치지 않을 것이다

사각형의 사랑

사랑은 있다 나무에도
흔들리는 나무 잎새에게도
미처 흔들지 못한 동그란 사랑은 있다
푸르름이 썩어서 뿌리에게 거름이 되는

하루 종일 온갖 공해의 도시 속으로
떠다니는 공기들에도
우리가 모르는 사랑은 있다
미세한 입자의 힘으로 서로를 끌어안으며
함부로 더러워지지 않기 위해
찌든 하늘 어디로든 흘러가는
그런 무모한 사랑은 있다

사랑은 있었네
한때는 사람들에게도
초가지붕처럼 동그랗게 모여 앉아
한 식구처럼 오래 위안이 되는
새 둥지처럼 포근한 사랑, 분명 있었네

날은 조금씩 무거워져 캄캄한 밤이 오리라

일방통행만 허용하는 거리에는
언제부터인지 무조건의 질주와
악몽처럼 깨어나는 욕망뿐이다

사각의거리사각의보도블록사각의책상사각의모니터…

이제 사람들은 누구나
사각형의 사랑을 비수처럼 품고 다닌다

늙은 애인

애인은 갈수록 심해어처럼 얇아집니다

한때,
질긴 부레를 장착한 그는
뼈만 남은 아가미를 회 뜰 궁리만 했습니다

수초와 수초 사이
몸집이 작은 슬픔이 불쑥 떠오릅니다

충혈된 외눈이 읽다 만
시집 속에는 뜯겨나간 비늘들만
붉은 빛 아래 몰려들고
으스스,

연애가 없는
날들은 흐릿흐릿 흘러갔습니다

어느 날, 그 물고기는
꼬리를 치며 시집 밖으로 뛰쳐나갔는데요

어디로 숨었을까요
퇴화한 외눈을 껌벅이며
젖은 배지느러미가 다 마르는 동안

겨울눈

가지 끝
겨울눈 세 개 나란히 붙어 있네
작살 혹은 삼지창처럼 생겼네
가운데 눈 옆의 곁눈 두 개는 자동차로 치면
비상용 타이어라네

비늘조각이나 잎몸의 일부밖에 없는
여린 잎으로 견디네
겨울눈 잎자국에 점 세 개 찍혀 있네
꼭 사람의 얼굴처럼 생겼네
누구에게나 한 시절을 견딘다는 것은
모진 외로움을 혼자 건너가는 것
내장(內臟)까지 숭숭한 털을 덮고

눈보라 몰아치는
한겨울 내내
겨울눈, 두 눈 꼭 감고 있네

아무것도 보지 않고
아무것도 듣지 않고

꽝꽝나무를 지나면 얕은 언덕이 나오네
사위질빵나무도 보이네
작살나무도 구지뽕나무도 어딘가에 서 있다네

거참, 이름 한번 희안하네

우리는 더 이상

나 없는 곳으로 당신이 흘러가네
당신 없는 세상 어디에서 나,
숨죽인 그리움으로 꽂혀 있어도 가끔씩
내 속으로는 깊은 강물소리처럼 사랑이 흘러갔다

물처럼 흘러갔네
빌딩과 빌딩 사이 오랜 소음의 낮과
번쩍이는 밤 동안 사랑은
어디에나 있고 어디에서나 흔적 없는데

눈 뜬 살(肉)들의 사이
우리는 서로 위험한 사각의 거리를
조심조심 흘러가리라
행복한 집으로 가는 길이란
길의 깜깜한 기억을 더듬거리리

당신이 없는 곳으로 떠내려가네
그리운 당신, 언제나 빛나는 추억으로 떠도네
내 육신 가득 병든 세월이 끈적거리네
물처럼 흘러가면 그뿐

사랑도 사라지네
이루지 못한 사랑의 고통은
알 수 없는 희망으로 끝없이 바장이네

그러나 우리는
더 이상 사랑하지 않는다

사랑을 희망한다

그토록 많은 것들이 나를 지나쳐 갔다 텅 빈 정거장처
럼 뒤로만 멀어지는 꿈의 내부를 다시는 복사하지 않겠다
난시의 두 눈에 더 이상 눈물은 살지 않는다 무표정한 얼
굴로 언제는 나조차 나에게 지워진 풍경으로 떠돌 것이다
누에는 마지막 잠을 잔 뒤 섶으로 올라 황홀한 비단을 짜
지만 아흔아홉으로 불어난 내 불안은 아무것도 양식할 게
없는 헛헛한 때가 오면 헛기침 같은 삶의 변죽만 울릴 것
인가 허기진 욕망은 빈 고치의 잠에 빠져들 테지만 어떤
병든 육신도 사랑을 거부하진 못한다 등 돌린 모든 사랑
을 용서하리라 세상 끝 어딘가에 웅크려 있을 상처뿐인
또 다른 사랑을

II

새

새들이 모두
흘러간 하늘 밑으로 저녁 해 떨어집니다
붉은 해, 꼴깍 넘어간
산등성이에서 어둠이 솟아오릅니다
서녘 끝, 노을이 피딱지처럼 사방으로 번질 때
새 둥지 속에
외로움이 눈알처럼 자라는 동안
날갯죽지 가만히 웅크리고 앉아 있는
가장 깊은 곳으로 작은 깃털 하나 나부시 내려앉습니다
밤이슬에 절인 지느러미는
빈 가슴을 열고 들어옵니다 무작정
상한 날개를 푸덕거립니다

아비는 숯가마에 있다

연화, 아비는 숯가마에 있다
칠순이 다 된 아비를 만나러 무장리*로 가는 길은
열네 시간 배멀미하며 인천항으로 입국하는
것보다 멀었다 마음은
이미 숯검정이가 되어 있었다

연화, 여동생은 식당에 있다
아침마다 선릉으로 출근해서 밤 11시가 넘어야
퉁퉁 부어오른 손과 발 질질 끌고
대림동 반지하 방으로 스며든다

그리고 연화,
네 언니는 의정부에 있다
염색공장에서 늦도록 일하고
바람만 겨우 막은 컨테이너에서 3년째 살고 있다

8.15 해방 전
조부가 압록강을 건넌 뒤
어떤 희망도
다시는 건너올 수 없는 헛된 역사가 되어

긴 압록강처럼 흘러갔다

돈 많이 벌어 식구 모두 연변으로 돌아갈 때까지
조국의 겨울은 춥고 또 길 것이다
아무리 돈 벌러 왔다지만
이미 조국은 없었다

내 사랑 연화,
겨울은 가고 또 봄은 올 테지만
무늬만 조국인 먼 나라에서
국적 없는 사랑은
지금, 서로가 서로에게 불법체류 중이다

*숯가마가 있는 곳, 강원도 원주시 호저면 무장리

주문진 근처
— 연곡, 그 깊고 푸른

그때, 바다는 우리 앞에 놓여 있었지요 멀리 수평선과 하늘이 맞닿아 있었구요 뒤엉켜 서로를 핥고 있었죠 2차선 도로는 구부러진 해안선을 따라 주문진으로 떠나거나 혹은 사천으로 흘러갔구요 백사장 끝 철조망 사이로 검푸른 파도가 끝도 없이 몰려오고 있었지요 해질녘 연곡의 솔밭에서 솔솔 빠져나온 어둠은 아나콘다처럼 스르르 꼬리쳤지요 솔밭 옆 바닷가에 쭈그리고 앉아 있는 허름한 구멍가게에서 받아온 참이슬을 새벽까지 맞으며 백사장을 핥아대는 파도소리를 밤새 들었지요 그 밤 한 마리 힘찬 물고기가 되고 싶었습니다 어느새 시퍼런 물살은 내 지친 지느러미를 오래오래 쓰다듬어 주었지요

나, 오, 를, 것, 같, 아, 요…

칠흑 어둠도 뜨거운 숨, 헉헉 토하고 있었지요 서로의 기슭에 가 닿은 비린내는 밀려간 여러 날보다 더 멀리 씻겨가고 있었지요 아득히, 우리 옆에 시퍼런 바다도 나란히 누워 있었구요

아득한 거리

누구나 다리를 건널 때에는 출렁이는 긴 물결이
거나 쏜살같이 흘러가고 싶거나 그 먼 다리를 다
건너갔을 때에는 지나온 곳 껌벅이며 뒤돌아보
는 흐린 눈빛이거나 함부로 휩쓸린 후회이거나
혹은 나 아닌 모든 것이었거나 도려내고 싶은 비
열한 거리지나 흔들흔들 그 다리를 다시 건널 때
에도 사당에서 당산까지 가지 못했네 당신과 나
사이에는 당산이 있는가 당산에서 사당까지 결
국 못 가네 나와 당신 사이에는 사당이 있는가 어
둔 세상 어디서든 봉천으로 돌아가야 하는데
　낯선 그림자 끌고 하루 종일 삐걱삐걱

그리움에 맞서다 Ⅰ

그리움은 완성되지 않았다
허구한 날 무채색으로 피어날 것이다
불명열(不明熱)로 내부에 잠복할 것이다

한 곳에 오래 앉아 있지 못했던
무거운 마음이여
너무 오랫동안 쿵쿵거렸다
그 고약한 냄새가 추억을 모두 부패시킬 때까지

지금, 사막의 나라에선
자살폭탄이 터지는데 지구 반대편 우리는
기름값을 따지며 차 운행에 대해 고민하는데

내 안에는 사막이 하나 있지
막장까지 몰아치던 모래폭풍은
늘 형체도 없이 나를 지우고 지나가지

너를 지우고
나를 지우고 끝내
우리… 까지를 지우고… 나면,

그리움은 매독 같은 것
취하면 취할수록 괴롭고 달콤한 마약* 같은 것

그러니까 나는 없다
너만 있다 나와 상관없이 세상은
자꾸 어디로 흘러가고

내 코앞에서
네 눈앞에서
그리움은 더 이상 읽을 수 없다
그리움은 언제나 불명열이다

*괴롭고 달콤한 에로스 : 사포의 시구

강원여객

그때 속초는 살 곳이 아니었다
기억 속 완행버스는 먼 곳에서 온다
온몸 덜컹거리며 물치비행장* 지나
가쁜 숨 몰아쉬며
해안도로를 파도처럼 따라온다

검은 언덕 위
스크린 도어가 없는 길 위에서
배고픈 엄마는
나를 업고 강원여객을 기다렸지만
버스는 푸른 바다로 간다
두 개의 빈 가슴을 달고 출렁거리며

더 먼 허기 속
뽀얀 흙먼지 뒤집어쓰고
다음 버스는 뛰어왔지
비포장도로를 친절하게 달려와 발치에
멈추었지만 모자는 타지 않았지

사는 동안 위험한 사연이 너무 많았네

멀리 7번 국도처럼 꼬부라져 있었네
아무도 푸른 바다에 닿지 못했네

가는 손가락으로 오래 잠긴 기억을 더, 더듬어
누가 스크린 도어를 열 것인가
내 안 어딘가 먼저 간 동생이 웅크리고 앉아
아직도 오지 않는
강원여객을 기다리고 있는 것은 아닐까

모든 길은 아직 어둡고 양양은 너무 멀다

*속초비행장의 옛 명칭

아직도 누군가

아직도 간절한 것이 남아 있다면
아직도 물컹거리는 비린내가 남아 있다면
저 아파트 앞 가파른 오르막 같은
숨 차오르는 언덕이 남아 있다면
아직도 누군가 어둑어둑 내 안으로
걸어 들어온다면 아직도
끈적끈적 그 발자국 남아 있다면
지나간 하루와 남아 있는 하루는
얼마나 뒤척여야 푸른 밤이 되는가
내일이 오는 동안 나는
또 얼마나 나를 퍼내야 하나

어쩌다 흘린 검은 피 같은 것이
지워지지 않는 얼룩 같은 것이
내 안에 고스란히 고여 있다면
흘러가지 않고 덕지덕지 붙어 있다면
한순간 눈물처럼 왈칵 쏟아진다면
서로가 서로에게 얼마나 간절해야 깊은
웅덩이가 되는가 아직도
간절한 바람이 잎잎이 흐느낀다면,

환절기

결벽증에, 다시
 걸린, 싸워야
  언어(言語)와, 하네
  실어증에, 뼈
   빠진, 속까지
    자아(自我), 환히
    그, 비추이는
     둘의, 가장
      싸움은, 맑은
      너무, 고름이
       치졸하다, 고일
        때까지

그리움에 맞서다 II

밤에, 희뿌연 그림자를 따라 나아갔었다 앵두나무 우물
근처에서 환청이 들려오고 삐걱이는 시간의 계단을 자주
헛딛다 보면 허리 잘린 그믐달이 얇은 바람소리에도 소스
라치며 놀라 흰 눈썹처럼 공중에 박혀 있었다

고향집, 오래된 우물을 지키던 커다란 능구렁이가 꽃뱀
의 대가리를 반쯤 삼키다 우물가에 토해놓고 스르르 바위
틈으로 사라져 버리던 유년의 공포 속에서 자꾸 헛손질하
는 중풍 든 아버지의 가는 손가락이 언뜻 허공중에 비칠
때마다 붉게 각혈하는 그리움이여, 몹쓸 몽유병이여…,

꿈에, 나는 일란성 쌍동이었네 저 푸른 속초바다 자궁
에서 태어났다네 내 동생 먼 수평선을 뚫고 치솟는 붉은
해 한 번도 보지 못하고 나를 버리고 하늘나라로 훌쩍 떠
났네 "형, 나를 잊지 마세요" 그 푸른 파도 소리 따라 클레
멘타인 노랫소리 밀려오네 불혹 지난 지금도 내 안에 출
렁거리네

오늘밤, 죽은 동생이 또 나를 부르네 나는 어서 막다른
그곳으로 가고 싶네 그래 숨 쉬는 동안 알 수 없는 공포가

나를 망가뜨린다 해도 그 그리움이 폐허가 된 감옥이 아
니라 새로운 희망이 되고 또 다른 욕망이 되어 흘러가야
하는 모진 물살이라는 것을 아네, 그리움은 몸서리치면서
길을 만드네

　아침마다, 하얗게 이빨을 드러낸
　몽유의 임종을 맞으면서 심호흡하는 그리움이여,
　일란성 그리움이여!

　모든 그리움은
　"내 길 내놔라, 내 길 내놔라"
　성난 물길처럼 외친다, 속으로 외친다

그 영혼을 읽는다

석간신문에서 구석기인이 걸어 나왔다
활자로 찍힌 발자국마다 얼굴 없는 화석이 묻어났다
기억하건대, 바람은 때로 한쪽으로 불었을 것이다
서늘한 기운으로 그의 피부를 어루만졌을지 모른다
나무들조차 빼곡히 늘어져 있었을 테고
숨 막히는 정적 사이로 벌거벗은 한 사내가 빠르게 지
나갔을 것이다
그는 주먹도끼를 꼬나들고 공룡이라도 사냥하러 뛰었
을까
5만 년 전 그의 뒤를 따라가는 커다란 매머드의 등과 사
슴뿔도 목격될 것이다
죽음을 서로 앞서가려고
현대인들이 자동차 경적을 빵빵거리는 아스팔트 위
깊게 패인 어둠 속에서 불쑥 튀어나온 그,
그를 신석기인이라고 착각할지도 모른다
그가 나타난 밤에는 오랫동안 돌도끼를 갈아야 한다
꿈틀거리는 욕망을 다 씹어 삼키고 나면 미라가 되는
꿈을 꿀 것이다
살아 있는 동안 정신은 느릿느릿 썩어 갈 테지만
죽어서 숨소리 하나로 남고 싶다면

오랫동안 웃자란 욕망을 베어버려야 한다
그는 내 안의 영혼을 발굴한다
밤새도록 그 종적을 핥아서 초록빛 엽록체의 피를 검은
내 영혼에 투석한다
아침이면,
빗살무늬토기 무늬를 지닌 신석기인으로 환생할 것이다

내서*에서

여기 깃털처럼 날아왔다 가네
날은 흐리고
간간이 이슬비 뿌리는 곳
이곳은 내가 처음 와보는 거리
처음으로 내디뎌 보는 골목
낯선 발자국들은 각자의 생을 빠르게 건너가네
허기진 그림자를 교묘히 감추고
불안 속을 어슬렁거리는 고양이처럼
내 안의 서쪽으로 자꾸 헛딛는 발자국 소리
검은 음모의 뿌리 속까지 파고드네
이 거리는 내가 처음 와보는 도시의 변방
어둠 속에서 두 줄의 가로수들이 나란히 여우증을 앓는 곳
낯선 곳에선 언제나
재빠른 놈들만 살아남는 법, 아침이면
기차는 기적도 없이 불안을 싣고 떠나네
고속버스는 어서 떠나자고
부릉부릉 거리고 내서에서
나는 하룻밤 잠시 머무는 깃털이었네

    ＊경남 마산시 내서읍(內西邑)

주름을 오르다

주름도 계단이었다
보라매병원 가기 위해
홀로 길을 나선
팔순 노모의 얼굴 가득
펴지는 주름살 너머
좁고 가파른 골목 계단 위로
아침 햇살이 서둘러 펼쳐진다
저 계단을 밟고
3남 2녀는
모두 어디로 흘러갔을까
너무 아픈 세상의
쭈글쭈글한 주름 속을 다 통과하면
행복한 집으로 돌아올 수 있을까
지난여름,
인공관절 수술을 한 노모가
산동네 계단을 오른다
오늘도 큰아들 걱정을 하며
뒤뚱
　뒤뚱

입은 길이다

낯선 거리에는 무덤도 없었다
길눈이 어두운 바람은 사방에서 아우성이다
우우우 쏟아지는 발자국마다 얇은 길바닥이 묻어났다
미끄러운 바람의 모서리에서는 새들도 사랑하는 일에
허둥댈지 모른다
아무도 내 길을 대신 가주진 않았다
미래의 지도를 꿰뚫어 볼 수 있다면
소화불량의 추억을 되새김할 수 있다면 길은 어디든 통
하고 어디든 열려 있으니
막막한 시간이 지날수록 검은 항문 속으로 흘러들리라
삶이란 갈수록 꼬리가 없는 법이니 천지사방 어긋나는
운명이여, 사주팔자여
때로는 가지 않으려고 망설이기도 하여라
헛디딘 발 퉁퉁 붓지 말라는 법도 없어라
고단한 노래일수록 스스로의 리듬으로 노래하는 법
제 흥에 겨워 노래하다 보면 설움도 깊지 않으리…

낯선 세상과 만나기로 한 뜻밖의 약속이라도 늦어지는
날이면
문득 지나간 시간이 어둑어둑 걸어올 때까지

70

미아가 되는 몸이여
마음의 거리에는 이정표도 필요 없다네
아무 두려움 없이 나에게로 걸어들어 온 낯선 풍경은
한 마리 詩가 되고
가늠할 수 없는 이정이 되는 것인데, 그때
그런 황홀한 마음에 나도 벙어리 같은 입으로 너에게로
통하는 길이 되고 싶은 것이다
보리차처럼 뜨끈한 온기가 되고 싶은 것이다

가는 곳마다
세상은 낯설고 거리는 위험하지만
가야할 길이 멀고 멀수록 뚜벅뚜벅 걸어가면 될 일이다
너에게 당도할 때까지
지나가는 바람이라도 붙잡고 물어야 하는데
내 입에서 네 입으로 푸른 말을 토해놓으면
저 세상 밖으로 휩쓸려 가는 바람의
거친 입까지
모든 입은 길이다
내 길이다

꼼짝없이, 나는

눈, 왔다, 폭설이다, 이, 춘삼월에, 느닷없이, 적설량, 26cm, 오늘, 밤엔, 모두, 길, 바닥에, 갇힐, 것이다, 그래, 꼼짝없이, 미끄러지고, 자빠지다가, 여기서, 다음, 생, 까지는, 시간이, 얼마나, 걸릴까, 더, 이상, 깨질, 꿈조차, 없는, 빈, 하늘, 아래, 질질, 끌려가고, 있는, 지루한, 생, 어느, 것, 하나, 나를, 반기는, 이, 없었고, 그, 누구도, 나를, 다시는, 찾지, 않았다, 세상과, 두절된, 상처, 만으로, 여태, 악착같이, 버텨, 왔는데, 갑자기, 온, 몸의, 기운이, 거품처럼, 빠진다, 터진, 눈구멍은, 아직도, 무얼, 담고, 싶을까, 꽉, 막힌, 귓구멍으론, 어떤, 소리를, 더, 들을, 수, 있을까, 까닭, 없이, 눈물마저, 핑, 도는, 하루와, 하루, 허기진, 욕망은, 또, 무엇이든, 물어, 뜯으려, 안간힘, 쓸, 것이다, 씨발, 남의, 콧김, 쐰, 여자와, 뜨거운, 정사(情事)라도, 치르고픈, 미친, 밤인데, 이, 밤, 붉은, 욕정은, 나를, 사정없이, 겁탈하고, 물끄러미, 쳐다본다, 갑자기, 으스스, 소름이, 돌고, 질질, 고름, 나던, 두, 귀에서는, 이명이, 들려오고, 내, 눈, 안에, 지금, 담을, 수, 있는, 것이라곤, am 4:00의, 첫새벽, 잠간 동안, 아파트, 복도에, 쫓거나, 하얀, 담배연기를, 하늘로, 피워, 올리다, 간혹, 건너편, 관악드림타운아파트, 옥상, 위에, 떠, 있는, 희끗한, 별을, 향해,

여기는, 봉천(奉天), 벽산블루밍아파트, 206동, 207호, 내,
안의, 신호로, 삿대질, 하는데, 별똥별처럼, 쏟아지는, 내,
눈물을, 차라리, 푸른, 별이, 되라고, 쏘아, 올리고, 싶을,
뿐,

　그,
　　것,
　　　뿐인데,

그런, 밤, 나는, 꼼짝없이,
내, 안의, 만리장성으로. 간다,
저벅저벅, 간다,
아,니,뛰,어,간,다,
앞,도,뒤,도,안,돌,아,보,고,
모,든,구,멍,의,빗,장,을,열,어,젖,히,고,
빛,없,는,별,이,되,어,내,안,에,
유,령,처,럼,떠,도,는,검,푸,른,절,망,을,따,러,

발령 났다

그는 종이인생이었다 어느 날
흰 종이 한 장 바람에 휩쓸려 가듯 그 또한
종이 한 장 받아들면 자주 낯선 곳으로 가야 했다
적응이란 얼마나 무서운 비명인가
타협이란 또 얼마나 힘든 악수이던가
더 이상 아무도 그를 읽지 못할 것이다
얇은 종잇장으로는 어떤 용기도 가늠할 수 없는데
사람이 사람을 함부로 읽는다는 것은 막다른 골목이다
그 골목의 정체 없는 어둠이다
그는 늘 새로운 임지로 갈 때마다 이런 각오했다
"타협이 원칙이다
그러나 원칙을 타협하면 안 된다"

나일 먹을수록
이 세상에선 더 이상 쓸모없다고
누군가 자꾸 저 세상으로 발령 낼 것 같다
막다른 골목에서 그는,
원칙까지도 타협하면서 살아온 것은 아닌지
허리까지 휘어진 어둠 속에서
꺼억꺼억 토할지 모른다

모든 과거는 발령 났다 갑자기,
먼 미래까지 발령날지 모른다

시간은 자정 지난 새벽 1시,
골목 끝에 잠복해 있던
검은 바람이 불쑥 낯선 그림자를 덮친다

얼굴이 없다

　　모든 것을 버린 자의 얼굴은 막 피어난 꽃의 푸른 눈빛
이다 이미 시든 꽃의 몰골은 많은 것을 포기한 자의 눈깔
이다 세상의 모든 목숨은 단 한 번 피고 일몰처럼 가장 낮
은 곳으로 저물기 마련인 것 맨 처음 허락한 아름다운 얼
굴은 어디로 갔을까 오직 한 번 뜨거웠던 열망조차 쥐구
멍처럼 검은 기억 속으로 흘러 들어갔네 내 인생은 마흔
일곱 번째 골목에서 불쑥 튀어나온 막막한 바람도적 같은
것일까 피 한 방울 고이지 않는 마른 가슴 속에는 누구도
머문 흔적이 없네 빈 가슴은 결국 아무것도 담을 수 없는
그릇이 되었네 삶이 한낱 주술 같은 거라면 어떤 기록을
남길 수 있을까

벼랑에 서다

혼자였다 눈물은 오래 참다 뚝 떨어지는 순간, 저 바닥까지는 천길 벼랑과 같다 아무도 푸른 수심을 알 수 없었다 떨리는 손으로 전화기를 움켜잡았지만 어떤 번호도 떠오르지 않았다 숫자로 호명할 수 없는 많은 얼굴들이 스쳐갔다 눈물을 보이지 않으려고 다만 두 주먹을 불끈 쥐었을 뿐이다 천천히 고개를 돌려 창밖을 쳐다보았을 뿐, 바람 한 점 없는 거리는 적막하였지만 어두워지는 도시를 내다보면서 그는 괜찮다고 속으로 중얼거렸다 함부로 동작을 보이지 않으려고 동료들에게 말을 걸었을 뿐이다 이제 이 더러운 세상과는 당분간 무관심한 사이가 되는 것이다 하루를 어떻게 외면했는지 모른다 시간이 씨팔時가 되자 연기처럼 사무실을 빠져나와 짧은 사거리를 재빠르게 흘러갔다 지하철은 코뿔소처럼 캄캄한 땅속 어딘가에서 컥컥거리며 튀어나올 것이다 낯선 얼굴들은 또 벼랑역에 꾸역꾸역 도착할 것이다

하루 종일 누군가와 이야기를 나누고 싶었다
다음 달부터 출근하지 않아도 된다는 통보를 받았을 때
미안하다는 상사의 야릇한 표정 너머로
어서, 가족이 보고 싶었지만 결국 혼자인 것이다
그는 여전히

도둑 망상

가야한다 헛헛한 허기 때문이 아니다
흐릿한 기억의 몸뚱이, 마디
마디 부르르 떨고 있지 않은가
지친 몸, 은 떠나간 길 기억하려고 욱신거린다
도난당한 시간 찾아서 가야한다 반들거리는
시멘트 바닥에 내려앉은 햇살도 길을 트는구나
한 가지만 그리워하면 모든 게 따사로웁다
바람은 또 얼마나 달콤한 날이냐
텅 빈 골목은 자꾸 자식새끼처럼 꽁무니를 빼는구나

저 흘러가는 바닥을 따라가면
진흙 빛의 시간이 몰려오리라 건들거리던
청동의 시간 너머 저쪽 대문은 꼭꼭 잠겨 있을 것이다
기억한다 아주 오래 전에 내 청춘 바깥으로
내몰린 적 있었다 살아 있는 것은 모두
자신이 아쉬울 때에만 간절한 눈빛이었다

끙 하고 몸뚱이를 일으킬 때마다
갈비뼈 비집고 자꾸 어둠이 스며든다
생각해 보면, 분실한 것은 자식만이 아니다

나에게서 도망친 물건이 한둘이 아니다
얇은 기억은 길을 잃었다
길은 더 이상 아무것도 기억하지 못한다
꿈이란 꿈은 전부 도난당했다
빈 가죽은 채워도채워도 배가 고프다
가야한다
지루한 생의 저기 저 끝
더 멀리까지

끝없는 통화
—나 아닌 내가 나 아닌 다른 나에게

세상은 하나 나도 하나 사람들은 어떻게 사나 3년 전 뉴질랜드로 훌쩍 이민 간 동생네 식구들은 잘 살고 있을까 그 나라 말을 몰라 아직도 낯선 거리를 헤매고 있지나 않을까 IMF 때 부도난 형님네 식구는 지금도 부도중이고 상도동 반지하 월세방엔 팔순의 아버지 스무 해를 넘게 중풍으로 누워 계시네 그 모진 세월, 간호에 지친 노모마저 폐병이 도저 시름만 깊은데

고통만이 질질 이끌고 가는 생, 갈 길은 멀고 지나온 길은 상처만이 추억하지만 목숨은 하나 고통은 여럿, 지겹다 버겁다 흘러가 버린 날들을 배경 삼아 다가올 죽음은 시도 때도 없이 과장된 포즈를 취하고 그런 날 마음 저린 날 나 아닌 다른 나에게 나 아닌 나는 끝없이 전파를 보냈다

내가 변하면 세상도 변해야 한다

—여보세요, 날 아십니까?
—미안 합니다 나는 아직 날 모릅니다

—산다는 건 무엇이오?

—그냥 떠 있는, 나의 의지와는 상관없이 하루하루
　어디론가 떠밀려가는 참담한 섬이라오

—사람들은 사랑하오?
—사람을 만날 때마다 자꾸 자유를 도난당하는 고약한
　기분이지요

—여보세요 그럼, 도대체 당신은 누구신가요?
—……,
　나 아닌 나이며 나 아닌 다른 나지요

—……

—……

울음은 눈물을 보이지 않는다

사람들 사이에서 혼자 짖었다
컹, 컹, 컹 마주치는 눈빛마다 살기가 등등했다
산다는 것은 온몸에 소름이 돋는 일,
마천루 아래에서
하루 종일 개처럼 짖어댔지만 아무도 대꾸하지 않았다
이 사각의 거리에서 나 아닌 것들은 모두 적일 뿐
뒤통수를 노리는 적들은 언제나 가장 가까운 곳에 있
었다
오랫동안 애써 외면했지만
이젠 그 지독한 피비린내까지 맡을 수 있다
내 안 어딘가에 커다란 아가리를 벌리고 혀를 날름거리
는 짐승이 한 마리 있다
단 한 번에 숨통을 끊어버릴 무서운 송곳니를 키우고
있다
스스로 재물이 되어 통째로 삼켜야만 기어이 직성이 풀
릴 검은 시간이 몰려오리라
그 캄캄한 호랑이 속을 향해 언젠가 전속력으로 달려갈
것이다
아직 눈물을 보여주면 안 된다
마지막까지 속으로 짖어야 한다

질긴 목숨은 함부로 덤빈다고 끝장나는 게 아니다
비명은 끝내 몸 밖으로 새어나가지 않을 것이다

III

베로니카의 사랑

그러니까 누가
베로니카를 사랑하고 있다는 말인가
언제부터 내가 베로니카를 사랑하게 된 걸까
만난 적도 본 적도 없는 베로니카는
그러니까 언제부터 내 안에 오도카니 앉아 있었나
치렁치렁 춤추는 검은 머리카락의 향기를 맡은 적도
젖은 듯
슬픈 듯 폐광 같은 눈동자와
한 번도 마주친 적이 없는데
그러니까 내가 베로니카를 몹시 사랑한다고 고백해도
되는 것일까
아니다, 아니다
나는 베로니카의 겉모습만 사랑하고 있을 뿐
이번 생에는 그 얇은 떨림까지 훔칠 수 없다는 걸 안다
그렇다면 굳이 베로니카를 만날 필요가 없는 것이다
베로니카 혼자, 나를 사랑하면 족한 것이다
그러니까 나는

크리어 파일 같은

잎들은 어디에도 등록되지 않을 것이다
수많은 길들이 무덤으로 흘러갔지만
어두워졌다 밝아지는 모든 밤과는 무관하였다
대지가 천천히 하품을 하는 희끗한 아침이면
직계존비속이 많은 늙은 나무가 길가에 홀로 서 있는
풍경은 꼬부라진 길처럼 외따롭다
가지 끝,
허공의 깊은 곳까지
악착같이 움켜쥐고 있던 누런 잎들이 분리수거함 옆에
수북이 쌓여 있다
폐기처분을 기다린다는 것은 스스로 고려장을 원한 것
이 아니다
신분변동일은 과거의 행적일 뿐
아무도 다가올 겨울에 대해 말하지 않는다
돌아올 수 없는 길 위에서
절망이란 함부로 내뱉을 수 있는 고백이 아니다
불량식품 같은 세월 앞에서
낮은 목소리로 가만가만 불러보고 싶은 것이 아직 남아
있을까
목에 걸린 붉은 가시 같은 기침 몇 잎,

토, 토하고 싶다 돌아보면
모두 힘겹게 붙어 있거나 곧 떨어질 나뭇잎 같은 것
크리어 파일에 보관된 밤의 큰 잎사귀가 뚝뚝 떨어진다
누구에게도 들키고 싶지 않은 검은 날들이 몰려오리라
잎들은 모든 미래를 고지거부할 것이다

두 개의 귀에 관한 짧은 연구

그는 귀가 없다
구멍이 붙어 있지만 듣지 않는다 한때는
사소한 인기척에도 푸르게 돋아나던 두 귀,
지위가 높아질수록 모든 소리가 비껴간다
누가 그 귀에 자물쇠를 달았나

그 두툼한 입은 말이 많다
입은 음식을 먹는 입구(入口)가 아니라
더 높아지기 위한
자기주장만 토해내는 도구가 된 것이다

뻣뻣해진 그 머리통에
푸른 잎사귀 두 개만 다시 꽂아주고 싶다
썩은 냄새만 풍기는 입술은 맛있는
소리만 마시게 하고
그리고 모든 적들에게 침묵하라고 일러주고 싶다

잃어버린 음악을 찾아
늦은 밤마다 미친개처럼 쏘다녔지만
푸른 귀가 사라진 거리엔 잎들이 없었다
검은 도시의 막다른 골목 끝까지

어느 날 지친 말의 주인은
불치의 병에 걸릴 것이다 놀란
주치의가 가까스로 자물쇠를 풀어주었지만
그 분은 귀가 없다
더 이상 어떤 음악도 듣지 못한다

가방을 멘 그림자

오늘도 어제처럼 지나간다
어제와 비슷한 시각에 낯익은 동네
익숙한 골목 바람처럼 빠져 나간다
그림자는 아침마다 저벅저벅

지하철을 타기 위해
황급히 봉천역 지하도로 스며들 것이다
(늘 그래왔듯이 아니 다시는 오지 않을지도 모르는
내일이 결국 또 오고야 말듯이)
가방을 메고 그림자는

좁은 계단을 오르고 위태롭게
하루의 끝까지 내려갈 것이다 어제와
다름없이 수많은 계단이 그림자 앞을
턱하니 막아설 테지만

아무도 그림자의 정체를 본 적이 없다
(누구도 그림자의 고향을 모른다)
그림자의 미래를 아무도 묻지 않았다

검은 가방 속에는 무엇이 들어 있을까
(소리 내지 못한 울음이 꺼억꺼억 숨어 있을까)
푸른 눈물이 가득 파도처럼 출렁거리는 것은 아닐까

늦은 저녁이면 축 늘어진 모습으로
어둔 골목을 지나 가파른 언덕을 지나
가방의 주인이 살고 있는 빈집으로 돌아갈 것이다
(매일 밤마다 검은 가방 속에서 기어 나와
먼 바다로 떠나는 푸른 꿈을 꾸는 것은 아닐까)
비늘 빠진 지느러미를 꼭꼭 감추고
아무도 모르게 그림자는 혼자

발병의 핑계

강남 방향의 2호선은 역마다 아우성을 싣고 떠난다 낯선 얼굴들은 짐짝처럼 서둘러 타고 내리고 겹겹의 난감 사이로 겨우 머리통을 우겨넣고 고개 돌리면 역과 역 사이 수많은 광고판들이 언뜻언뜻 옆으로 흘러가고 있었다 어떤 표정도 사소한 움직임도 허락하지 않는 숨 막히는 공간 속에서 그때 긴 손가락이 무척추동물의 촉수처럼 뻗어나가 아무 엉덩이나 슬쩍 건드려 보기도 하는 것이다 다른 부피에 떠밀리는 척 손끝의 감촉으로 기웃거리는 것이다 그날 아침에도 곤두박질치는 주식시세를 걱정하면서 기어이 내가 맞닿을 수 없는 검은 음모를 꿈꿨다 와이셔츠 흰 칼라의 한쪽 단추가 떨어져 나가 나머지 한쪽을 채울 수 없는 난감한 출근길처럼 악착같이 눌어붙어 있어야 하는 것은 슬픈 일이다 남는 것은 떠나는 것보다 초라하고 떠난 자는 남은 자보다 외롭지 않을 테지만 이 도시에서 젊은이들은 결혼하기 전에 이혼하고 이혼하기 전에 재빨리 헤어진다 마침내 번식을 외면하는 시대가 도래한 것이다 스크린 도어가 열렸다 닫히는 순간마다 늘씬한 다리는 자꾸 잘려나가고 하루의 출발은 어지러운데 온몸 미열이 돋기 시작하는데 목적지가 가까워질수록 문은 점점 멀어지고 있었다

사각인간이 사는 도시

1.

　시간은 오후 6시 45분, 하루가 뚝 그친다 창밖 빗소리도
견고한 건물 벽으로 스며든다 사방에서 얇은 어둠이 바이
러스처럼 빠른 속도로 번식한다 구멍 난 창마다 불들이
하나 둘 켜진다 질주의 날카로운 발톱을 세운다 이미 도
시는 수상한 불빛에 유린당했다 빗소리는 서둘러 어둠과
체위를 바꾼다 오늘밤엔 누가 먼저 미칠지 아무도 모른다
어둠이 온몸을 칭칭 감아온다 그는 세균처럼 감염된다

2.

　오후 6시의 희망은 어서 하루의 셔터를 내리는 것 마음
이 먼저 서류를 덮는다 차들은 올림픽대로에 들어서자 두
방향으로 앞다투어 질주한다 이 도로에서 사람들은 가든
오든 둘 중의 하나를 선택할 뿐이다 시속 80킬로미터로
비껴가는 한강은 거대한 뱀처럼 흘러간다 강 건너편 가로
등 불빛은 죽은 강물에 반사되어 구렁이비늘처럼 수면에
고여 있다 드문드문 물처럼 흘러간 인간들의 흐릿한 얼굴
이 고개를 내민다 도대체 이 시간에 왜? 아무도 모를 것이
다 이 도시에서 사람답게 살려면, 살아남으려면 사람과

사람 사이에서 용서하는 것부터 배워야 한다 그러고 보니
오늘, 그는 아무와도 말을 하지 않았다 혼자 떠 있는 섬에
는 동료까지도 낯선 섬일 뿐이다

3.

　그는 사무실을 등질 때 서류뭉치를 캐비넷에 처박아 놓
으면서 중얼거렸다 "사각의 집, 을 새벽같이 나와 사각의
도시, 사각의 사무실, 사각의 책상, 사각의 서류와 씨름하
다 사각의 자동차, 사각의 도로, 사각의 아파트, 사각의 침
대로 들어, 가 사각의 이불을 덮고 매일 밤 사각의 꿈을 꾸
다가는 어느 날 갑자기 사각의 짐승이 되고 말 거야" "내
인생은 사각의 관이야" 잠 없는 밤이면 그는 사각의 의자
에 의자이불*을 깔고 앉아 사각의 시를 밤새워 쓴다 어디
선가 자꾸 사각의 비명소리 들려온다 날카롭게 사각의 창
문을 쥐어뜯는다

4.

　식은땀으로 온몸이 축축해진 어둑새벽,

그의 아침은 언제나 젖어 있다
하루는 늘 오후 여섯 시를 향하여 출발한다

그는 창을 닦는다

어느 날부터 그는 창을 닦았다, 돌연한
실직이 외출을 허락하지 않았으므로
유리창 속에는 날마다 풍경이 낡아갔다

세상은, 언제나, 구, 조, 조, 정 중이다

뜬눈으로 창을 닦다가 간혹, 참새가
햇살을 쪼아대는 빛나는 아침을 맞기도 하였으나
새들의 지저귐은 더 이상 전달되지 않았다
바깥소문을 자세히 살필 수 없었으므로

어느 날은 장대비가 창문을 두드렸고
또 다른 날에는 발목까지 눈이 쌓였지만
아프기라도 하여 그의 노동이
잠깐씩 멈추는 날이면, 창에는 먼지가
두껍다랗게 끼고 성에가 뿌옇게 쌓여갔다
세상은 또 그와 단절되는 것이다

얇은 희망은 고립되었으므로
내부의 울음은 창밖으로 번지지 않았다

아무것에도 누구에게도
아랑곳하지 않고 그는, 창을 닦을 때마다
혼잣말로 중얼거렸다.
나와 화해할 수 있을 때까지
세상을 용서할 수 있을 때까지
창을 닦을 거야, 창을 닦을 거야

먼 어느 날이 마지막 방문객처럼 찾아와
그의 죽음을 주치의가 진단했을 때
많은 문상객들은 슬퍼하였으나
그의 창 속에 꽂혀 있는 수많은 창들을
아무도 볼 수 없었다

너무 많은 벽

내 안에 있는 벽, 벽 속에 박혀 있는 벽, 벽은 벽을 외면한다 벽은 벽을 삼킨다 벽은 벽 안에서 세균처럼 자란다 균열을 거부하는 벽, 속에는 푸른 이끼가 자란다 사실 벽은 벽 밖에도 너무 많다 타협을 거부하는 벽, 속에는 어떤 함성이 숨어 있을까 내 안에서 서서히 말라붙어가는 침묵을 뜯어내고 싶다 외부에서 끝없이 강요하는 메시지를 북북 찢어버리고 싶다 벽은 벽을 거부한다 벽은 벽을 씹는다 아무도 모를 것이다 푸른 이끼는 곰팡이가 되고 곰팡이는 시퍼런 파도가 될지 모른다 벽은 거대한 쓰나미와 같다 벽, 속에서 벽은 늘 난파중이다 벽은 벽을 향해 항해중이다 벽은 두께가 없는 절망과 같다 벽은 벽 안으로 추락한다 벽은 벽과 절대 내통할 수 없다 그러므로 벽은 허물어지지 않는다 그러므로 벽은 무너지지 않는다 장담하건데 또 다른 벽은 도처에서 출몰한다 저 절망의 벽과 벽 사이에는 무수한 별이 촘촘히

아무도 모른다

벽은 벽을 타고 기어오른다 바람은 바람 속으로 불었다
한 사내가 사람들 사이에서 금이 가는 동안 자신도 모르
게 균열이 가는 것은 벽만이 아니다 우우 우는 것은 바람
만이 아니다 뒤처진 미래가 앞질러간 추억을 천천히 갉아
먹는 동안 사내는 이미 벽지처럼 낡았지만 집요하게 달라
붙은 악몽을 떼어내면 그는 누구인가 입 여는 근육보다
입 닫는 근육이 강한 짐승이여, 한사코 벽이 벽을 거부할
때 얇은 바람이 또 다른 바람에 휩쓸릴 때 아무도 모르는
시를 썼는데 혼자 썼는데 어느 날 눈 떠보니 까만 해가 솟
았더라 서편 하늘에 걸렸더라 우중충한 달도 붉은 두 눈
에 박혔더라

더 이상, 아무것도, 이제, 그는

어느 날, 그는 없다

날마다 그는 서둘러 지하철로 출근한다
그를, 사각책상이 맞이하고 사각의자가 주저앉힌다
아침마다 컴퓨터가 꺼져 있는 그를 켰다
그를, 힘없는 열손가락이 두들겼다
누군가 자꾸 검은 내부를 클릭하는 세상이다
알 수 없는 문장으로 수많은 보고서를 작성하지만
완벽한 문장은 완성되지 않았다
스물여덟 개의 자판 앞에서 그는 늘 수정된다
세상 어디에도 그의 문장은 단 한 줄도 없다

열두 시, 구내식당이 어김없이 허기를 불러내면 그를,
점심이 허겁지겁 먹어댈 것이다 맛없는 식단까지 우적우
적 씹어 삼킬 것이다 권리만 있고 의무가 없는 광장의 구
호 뒤에는 상처뿐인 영광만 남을 것이다 아무도 치료할
수 없는 함성만 무성할 뿐, 오늘도 그리운 가족에게 안부
조차 전하지 못했다 하오의 긴 초침이 씨팔 시를 가리키
면 동료들은 서둘러 사무실을 빠져나갈 것이다 특별시민
들을 위한 주차정책은 즐거운 대안이 없으므로 자판의 노
동은 밤 열 시 혹은 열한 시나 되어야 끝날지 모른다 흐린
눈으로 잠시 내다본 창밖으로 민원서류 같은 먹구름이 흘

러갔다 처리기한에 쫓기는 얇은 희망은 어디로 흘러갔을
까 구내식당에서 해결한 늦은 저녁은 소화불량에 걸린다
사람들은 갈수록 용서라는 말을 쓰지 않는다 어디까지 악
을 써대야 더불어라는 푸른 말을 발음할 수 있단 말인가
막차시간에 쫓겨 사무실을 탈출하면 밤의 밑바닥은 여전
히 미끄럽고 위험하였다 누군가 어서 오라고 손짓 할 것
같은 으슥한 골목과 골목 사이에서 불쑥, 어둠은 또 그를
탐낼 것이다 아직도 착취할 그 무엇이 그에게 남아 있을까

　　낯선 길바닥 위에서 오늘 밤, 함부로 지워지지 않으려
고 후줄근한 그림자는 마지막 발걸음을 재촉할 뿐 그를
기다리는 것은 지구 반대편 가족이 아니라 언제나 어둠에
갇힌 빈 집일 뿐이다
　　아무도 호명하지 않는 덩치 큰 밤은 또 온다

맞벌이 부부

공복의 아침, 아내와
총총 빠져드는 하루의 늪,
칸칸마다 잠이 짧은 얼굴들 부석부석 피어나는데
아우성 같은 욕망들을 구겨 넣을 때마다
지옥철은 황급히 떠나고
신림에서 봉천으로
서울대 지나면 낙성대로
〈사방으로 갈라서는 욕망의 아우성이 끝나면!〉
사당 지나 방배로
서초에서 교대로
〈볼링공 같은 아내의 배를 보호해야 한다!〉
서로가 서로를 보호할 수 없는 세상의
이 아귀다툼 속에서
그대여, 나는
힘이 센 공룡이 되고 싶었다
오늘도 무사히 지옥철을 갈아타고
교대 건너
남부터미널 건너, 뛰어 양재역으로
마침내 여덟 개의 캄캄한 아우성을 관통하면
만삭의 아내와 소란한 세상 속으로 하역된다

아침마다 힘들게 도착하는 지하의 끝에서
휴~우, 정신 차리면
어느새 아내의 작은 손이 내 손을 꼬옥 잡고 있었다

살아 있을 동안 우리,
캄캄한 희망이라는 역을 몇이나 더 지나쳐야
행복한 집으로 갈 수 있을까

그 맞벌이 부부는 지하철로 출근한다

주무관의 슬픔

누구나 감정노동자지만 빛나는 아침을 주관하지 못한
다 식단처럼 잘 짜여진 매뉴얼에 따라 웃음 짓고 하루만
큼의 친절로 행동하지만 폭염의 광장을 어찌하지 못한다
보이지 않는 적들에게 조정 받고 있는 듯한 하루와 하루,
시계바늘 같은 일과가 끝나고 밤의 황제들이 활개 치는
깜깜한 장막이 내리면 으스스 막다른 골목으로 휩쓸려 들
어가 돼지껍데기 안주 삼아 목구멍에 쓴 소주 털어 넣으
며 서로의 직장상사를 단죄하지만 자꾸 자신의 옆구리로
파고드는 한 움큼의 어둠조차 웃음으로 만져주지 못한다
어떤 우스갯소리도 세상을 즐겁게 할 수 없다는 걸 안다
저녁의 끝에서 우리가 어두워지는 것은 사라지는 것이 아
니라 어둠의 일부가 되는 것일 뿐, 세상의 어느 한쪽도 주
관하지 못하는 것은 이미 너무 많이 지나왔거나 깊이 빠
져버렸다는 것일 뿐 변덕이 심한 세상사에 마냥 놀아날
수는 없는 것이다 자정도 가까운 시간이면 하루의 끝자락
도 수수방관하고 그림자처럼 끄덕끄덕 스며들어야 한다
　반겨주는 이 아무도 없는

바닥을 위한 각서

어떤 바닥은
허공의 깊은 헛바닥에 매달려 있을 때
아름답다

마음 속, 아무, 안 된다, 수, 중심을, 일이다
바닥에, 색이나, 그, 없으므로, 빤히, 끝없이
깊은, 덧칠도, 구멍에, 세심한, 쳐다보고, 반사되는
칠을, 하지, 한번, 주의가, 있을, 거울처럼
했으니, 말라, 빠지면, 필요하다, 터이니, 혹은
아무도, 대 못질은, 세상, 바닥은, 언제나, 캄캄한
건너오지, 더더욱, 누구도, 이미, 배후를, 블랙홀처럼
말라, 하면, 빠져나올, 허공의, 경계할, 우리는

어떤 풍경은
바닥이라는 넓은 그늘에 꽂혀 있을 때
가장 위험하다

봄을 체포하다

수사관 B는 말없이 창밖을 노려보고 있다 영장 발부를
위한 서류 검토는 선배 K의 몫이다 높고 단단한 카키색
건물 안에서 그들은 끝없이 세상을 염탐하는 것이다 이미
살갗에 돋는 소름만으로 놈이 개입한 정황은 포착되었다

세상은 막다른 골목, 골목 끝까지 희망을 구금하고 안
개는 매일같이 그 커다란 아가리로 근시의 풍경을 삼켰다
뱉어내곤 하였다 물증 하나 없는 희뿌연 아침은 다시 반
복되고

오래전부터 최 반장은 출국금지 된 구름의 경로와 일기
변화를 예의 주시하고 있었다 어젯밤, 놈은 틀림없이 사
람들이 잠든 주택가 일대를 오랫동안 배회했을 것이다 담
벼락 너머 눈치 빠른 개나리가 놀란 눈을 치켜뜨고 목이
긴 목련도 흰 이빨을 드러내고 내연녀의 대문 안에서 낄
낄거리고 있을 것이다

이것으로 모든 사실은 자명해진 것 엇갈린 삶이란 심증
은 있으나 물증이 없는 것이니 지나간 시간의 행적을 면
밀히 추적하면 놈의 수상한 냄새를 맡을 수 있을 것이다

압수수색은 오늘 안으로 끝내고 피의자 신병부터 확보해
야 한다

　영장이 발부되면 수사관들은 서둘러 놈의 주거지를 급
습할 것이다 실시간 위치추적으로 놈의 근황은 금방 들통
나고 집요한 계좌추적으로 도피자금의 흐름까지 파악하
면 사실상 도주는 불가능한 것이다

　화사한 변장을 한 봄이란 놈이 어느 골목 어느 담벼락
어느 대문 안엔가 꼭꼭 숨어 있음이 분명하다 수갑을 가
슴 깊이 숨기고 사람들은 누구나 수사관이 되어 놈을 체
포하러 떠날 것이다 세상의 눈과 마음을 어지럽힌 죄, 구
속영장 없이도 긴급체포가 가능한 것이다

손 들엇, 시 들엇!

어느 날부터
시커멓고 음흉한 괴물이
다짜고짜 내 안에 쳐들어 왔는데요

온몸, 털까지 숭숭한 그 괴물은
시도 때도 없이
손 들엇, 손 들엇! 고함치는 것이었는데요

보도블록 위를 걸어갈 때나
지하철 타고 캄캄한 출근을 서두를 때나
그 놈은 지 꼴리는 대로
내 머리통 속 가득 이상한 말들을 마구
토해내는 것이었는데요

그때부터 나는
선무당처럼 시들시들, 와들와들
까닭 없이 온 삭신이 아팠던 것이었는데요

하룻밤 앓고 나면
창문의 배후가 더 잘 보이고 간혹

창문 밖 멀리까지 보이기도 하는 것이었는데요

그때마다 서로 헐뜯는 인간들보다
숲속, 고요히 꽂혀 있는 나무나 풀잎들에게
가만가만 말 걸고 싶어지는 것인데요

한순간 말문이라도 막히면
차라리 좆같은 세상 향해
지독한 욕지거리라도 쏟아내고 싶은 것인데요

목청껏
목이 쉬도록
시 들엇,
시 들엇! 외치고 싶은 것인데요

그것, 참

바람은 바람에 대해 아무것도 모르고 있으며 간혹
누가 그 바람을 신랄하게 비난하는 소리 겨우 엿듣고서야
온몸 비틀고 침까지 튀기면서
그 새끼 참 나쁜 놈이라고 욕했지만

그게 나인지도 모르면서
설마 나인지도 모르면서

대들어 싸울 용기도
작은 힘도 없다는 걸 알고 슬프다
어쩔 수 없이 같은 종들이 증오스러운 날들은 온다

바람 위에 바람 없고
바람 밑에 바람 없는 게 옥상이라지만
바람 밑에 바람 있고 바람 위에
바람 참 많은 것이 바람 잘 날 없는 맨바닥이라지만

누군가의 눈빛이 뜨거운 심장을 염탐할 때
공포의 내장까지 탱탱하게 부풀어 오를 때

나는 다른 종으로 태어나고만 싶었지

서로가 서로에게 즐거이 섬길 수 있다면
모든 수상한 눈빛을 용서할 수 있을 것도 같았지
알 수 없는 간절함에 발목까지 시리지 않은 밤은 어디
있을까

하루의 시작과 끝 비슷하지만
저 밑바닥에서부터 울컥울컥 치솟는
검은 바람 한 점, 서서히 태풍으로 돌변하고 있다

우리는 내가 못마땅하다

나 태어나자마자
이미 우리 안으로 들어왔으므로

너라는 그리움에 나라는 질투심이 섞인다면
답답한 우리 사이, 내가
감히 우리를 용서할 수 없다니!
왜 외로운 당신은
쓸쓸한 나와 화해할 수 없는가?

하루는
또 다른 하루를 배반하고
살아간다는 건
벌써 썩어가는 것

소화불량의 현실은 추억을 거부하는
가장 긴 악몽으로 깨어나네
더 이상 기억하기도 힘든 희미한
사각의 잠자리로 뒤척이네
언제나 회환으로 반복되는
이 끔찍한

욕망
속에서
우리는 갑갑하다 우리는
불안하다 그러므로 우리는 서로,
위험한 짐승처럼 할퀸다

그 함정에 빠져
일생을 허우적거리는 나를
우리는 끝끝내 한 식구로 여기지 않으리

압록강에 서다

압록강, 거기 갔었다
詩라는 것도
어쩌면 저 다리처럼 함부로
건너갈 수 없는 시퍼런 멍이 아닐까

몸뚱아리는
못 건너도 급한 마음은 저기
저 압록의 철교를 서둘러 건너고 있었다

눈앞에 강물은
자꾸 내 안으로 흐르는데
먼 곳을 돌아 여기까지 달려와
강 건너 신의주를 바라보는 눈빛들은
다 나와 같은 간절함일까

압록강, 내가 있었다 거기
푸른 강물이 굽이굽이 흐르고 있었다

알고 보면 시라는 동족도
일평생 모진 물살을 껴안고 더 깊은

소용돌이 속으로 밀입국하는 것은 아닐까
함께 하류로 흘러가야 하는 긴 강물이 아닐까
누구든 한번 빠지면 죽을 때까지
빠져나올 수 없는 시퍼런 웅덩이가 아닐까

슬픔의 무게

사람들이 무너진다 사방에서
종잇장보다 얇은 바람이 펄럭인다
빌딩들이 차례로 쓰러진다 쿵, 쿵
한낮은 점점 뜨거워지고
오후의 부피는 커다랗게 부풀어 오른다

어제는 즐거웠으나
오늘은 마냥 슬프다 나는
점점 무거운 인간이 된다

분노가 차오를수록 지그시 누르고 있는
엄지손가락의 힘이여
온갖 비애를 거느릴 수 있는 문법은
이 지상의 어디에 있는가

사람들이 지나간다 서로의
무너진 그림자를 짓밟고 뛰어간다
무표정한 얼굴이 차곡차곡 쌓인다
한낮이 지난 거리는 엿가락처럼 늘어지고
창틀이 뜯겨나간 슬픔의 내부가 훤히 보인다

누군가 슬픔 속으로 들어갈 차례가 온다
서로, 그림자는 위험하다
곧 터질 것이다
한껏 부풀어 오른 풍선처럼

그때, 왜

나는 왜 여기 있었나
꽃이 지고 있는데
꽃잎은 비바람에 하얗게 질리고

(그때, 푸른 언덕 너머로 기차는 가네)

꽃이 피고 있는데
붉은 꽃이 피고 있는데
그때, 나는 왜 거기 없었나

(하얀 언덕 너머에서 기차는 오네)

긴 그림자만 남겨놓고
모두 어디로 사라진 걸까

(검은 기억 속으로 꽃향기는 안개처럼 피어나고)

지나간 것들, 지금
어디에서 무얼 하고 있을까

(나 없는 곳에 숨죽여 피고 지는 꽃이여)

내가 나라고 부를 수 없는
수상한 날들이 가네

나를 그라고 부를 수 없는
낯선 거리엔 아무도 없네

꽃의 불륜에 관한 문답

―꽃은 언제 피었나
―피고 지는 건 내 의지가 아니다
　나는 날마다 꽃 핀다 그리고 진다

―꽃잎은 몇 개인가
―어젯밤 폭우에 목 잘린 꽃들의 비명을 듣지 못했나
　가슴을 쥐어뜯는 적요이거나
　흉곽까지 어둑어둑해지는 어떤 슬픔까지도
　내겐 다 깊은 잎이다

―꽃 같은 날들은 언제 저무나
―가슴 밑바닥에서부터 차오르는 슬픔의 줄기를 만져
　본 적이 있다
　그 줄기 끝에서 날마다 돋는 새순을 부정하지 않겠다

―지독한 외로움을 오래 따라가면 어디에 당도하나
―외로움이란 습관적인 것도 있고 선천적인 것도 있다
　그리움이라는 긴 기차는 매일 반복운행 하지만
　어떤 사랑역에도 천국으로 통하는 동아줄이나 사다
　리는 없었다

—붉은 꽃은 불륜인가 사랑인가 고독인가
—천만에! 바람은 어디서든 불어오고 또 어디로든 흘러
  갈 뿐이다
  만약 한 번도 가보지 않은 길이 눈앞에 아득히 펼쳐진
  다면
  당신은 그 길을 터벅터벅 걸어가 보고 싶지 않은가

—검은 꽃의 정체는 무언가
—내장까지 썩은 그 고약한 냄새를 다시는 맡고 싶지 않
  다
  고독은 고독만이 달랠 수 있다

—아직도 마른 꽃대궁 속에 남아 있는 뜨거움은 무언가
—꽃이 꽃일 수만 있다면 언제든 소나기처럼 쏟아질 수
  있는 것이다
  누군가 원한다면 너덜너덜해지면 되는 것이다

—마지막으로 하고 싶은 말이 더 있다면
—어떤 사랑도 함부로 불륜으로 번역되는 걸 원치 않으며

어떤 불륜도 사랑 아닌 사랑은 없을 것이다
더 이상 모든 진술을 거부한다
나 는 여 기 까 지 다

병 속의 사랑

비가 내리네
사거리가 병 속에서 흐느적거리네
누군가 병 밖에 비스듬히 서 있네
비 맞은 오래 전 나는
그 사랑을 병 속에 가두려고만 했네
투명한 병 속 그가 울부짖었네
그는 병 속에 있고
나는 그의 병 속에 있었네
더 이상 갇혀 있기를 거부하는 노래를 위해
내가 감당할 수 있는 노릇이란
아무것도 없었네
버려진 병에 금이 갈 때마다
세상은 부서지고 깨지고 박살이 나네
금간 병 속에 갇혀 빠져나오지 못하네
오늘도 절룩거리는 내 사랑은
깊은 병과 같다네
하얀 붕대를 친친 감고
병 속에 비가 내리네

하나가 아니다

내가 앉아 있을 때 그는 서 있었다
허공에 기대 나무작대기처럼 막막하게
(먹먹하게 서 있는 것은 내가 아니다)

그가 사방을 쏘다닐 때 나는 서성거렸다
땅바닥에 나뒹구는 저 눈빛은 누구인가
누구의 것인가
(콩콩거리며 허공의 내장을 쏘아보는)

어떤 눈빛은 짐승의 본능을 탐한다
아무나 물어뜯고 싶은 적의가 온몸으로 퍼질 때
(골목을 지키는 똥개에게도 우두머리는 있는 법!)

밖은 언제나 밖
안은 끝까지 안이지
(너는 너였고 나는 나렸다!)
몸 안에 말라붙은 추억은
다시 꺼내면 지독한 악몽이 되리라

내가 주저앉아 있을 때 그는 단상에 올라 있었다

(소리치고 싶은 마음아, 뒤돌아보지 말라)
산다는 것은 질긴 가죽 속으로
스스로 걸어 들어가는 꼴

무거워진 마음이 낯선 주인을 찾을 때
받아 줄 가죽은 이미 낡고 멍들었구나
(차분히 내려앉아 쉴 곳이 없네)

생은 짧은 막대그래프 같은 것
알고 보면 모두
바닥으로 곤두박질치는 눈금 같은 것
(그 누가 한 가닥 그래프가 되어 슬픈 장단을 맞출 수 있
을까)

죽
  을
    때
  까
지
(우 리 는 하 나 가 아 니 다)

세상은 아름다워질 수 있을까

서둘러 겨울이 왔다
가을은 무너졌다 툭, 툭
아무도 푸른 노래를 부르지 않았다

계절이 바뀌면서
눈곱처럼 자주 안개가 낀다

어젯밤 행복전도사는
남편과 시외의 모텔에서 자살했다
육체를 빠져나온 700가지의 통증은 세상의 어느 뼈마디
를 통과하고 있을까

티브이 속
국정감사장에서는 서로를 짖어대고 있었다 개처럼
그들만의 수화가 끝나면
또 어느 법이 세상을 다스릴 것인가

요양원의 아버지는 삐걱이는 침대처럼 말라붙어가고
창틀을 넘어온 희미한 빛은 좁은 병실의 벽면을 자꾸 쥐
어뜯는데 3·8선처럼 질긴 기억은 어느 난간을 붙잡고 있

을까
혼자 중얼거리고 있을까

눈이 아리다
눈물샘 다 말라버린 눈구멍 속에서 세상에,
세상은 정말 아름다워질 수 있을까

위안과 치유, 성찰과 희망의 언어

유성호(문학평론가, 한양대 교수)

1. 어둑한 추억과 진정성 있는 고백

　김연성 시인의 첫 시집 『발령 났다』는, 오랜 시간 간직
해왔던 삶의 고통과 아름다움, 사랑과 그리움, 그리고 서
사적 내력(來歷)과 현재적 삶을 고스란히 담아낸 추억과
고백의 기록이다. 가령 시인이 "몸 안에 말라붙은 추억은/
다시 꺼내면 지독한 악몽"(「하나가 아니다」)이라고 노래
할 때, '시(詩)'는 누추하고 가난했던 생을 안간힘으로 통
과하게 해준 존재론적 항변이자 외침으로 다가온다. 그런
가 하면 "시란 어두워지는 마음이 더 어두운 마음 안으로/
천천히 걸어가는 것이다 그 깊은 곳에서/혼자 울어도 된
다는 것이다/생의 긴 고백을 다 필사하는 것이다"(「짧은
여행의 기록」)라고 노래할 때, '시'는 생의 어둑한 상처와

울음과 고통에 대한 위안과 치유의 기능을 다하게 된다. 그 위안과 치유의 방법은 그때그때의 상처와 울음과 고통에 즉자적으로 대응하는 대중요법이 아니라, 인생론적인 상상적 탈환과 회복을 열망하는 보다 근원적인 것이다. 이렇듯 김연성 시인은 어둑한 추억과 진정성 있는 고백을 통해, 자신이 혼신을 다해 살아왔던 시간을 가파르게 재구(再構)하고 있다. 하지만 그 원리는 현실로부터 초월하거나 이격(離隔)하는 모습이 아니라, 끊임없이 지난날의 고통을 현재적 삶으로 반추하는 모습에서 찾아진다는 특징을 보여준다. 이 점은 재차 강조되어 마땅한 김연성 시학의 양도할 수 없는 미덕이라 할 것이다. 이렇게 김연성 시편은 자신의 지나온 생을 어둑하게 기억하면서도, 그것을 현재적 삶과 간단없이 연루시키면서 쓸쓸한 희망을 일구어내는 견고한 상상력에 의해 뒷받침되고 있다. 「모르는 곳에 산다」라는 시를 먼저 읽어보자.

내가 모르는 곳에 있다 우리는
서로에게 슬퍼질 때
오랜 지병(持病)이 찾아오고
외로움의 본적(本籍)은 짐작할 수 없는 곳이다
혼자 가난해지면
돌아갈 주소(住所)를 찾지 못한다

사람과 사람 사이 별의
푸른 심장을 향해 교신할 주파수는

점점 희미해지고

메니에르증후군으로 자꾸 눕고 싶어지는 날

지랄 같은 생존을 위해

오늘은 어떤 항체를 구해야 하나

최후에 뜯어먹을 한 점 빛의 혈육(血肉)도 없는데

어두워지는 가슴 안의 적소(謫所)이거나

얇은 바람이 후다닥 지나간 공터 위

희끗한 별 하나 돋는 날이면

생의 바깥쪽으로 걸어가는 당신이 기우뚱 보인다

내일 밤 폭설이 내린다

헛디딘 발자국 소리 지워지지 않는다

흰 눈을 뒤집어쓰고

눈 속의 풍경이 가장 무거워지는 한낮,

별이 녹는다 설맹(雪盲)의 시야 속에

한 마디 전언(傳言)도 남기지 않은

별빛은 더 이상 지상으로 흐르지 않는다

—「모르는 곳에 산다」 전문

　　'슬픔'과 '지병' 그리고 '외로움'과 '가난'이 편재(遍在)하는 곳, 지금은 자신도 알지 못하는 곳에 시인은 존재하고 있다. 그곳은 본원적 귀속감을 뜻하는 '본적'이나 '주소' 조차 짐작할 수 없고 찾을 수도 없는 미지(未知)의 곳이다. 이 '모르는 곳'은 사실 사람과 사람 사이의 결속과 소통이 느슨해진 상황의 은유로 채택되고 있고, 그만큼 시인은 그곳에서 "지랄 같은 생존"을 위해 "어떤 항체"를 구하면서 살아간다. 그렇게 "최후에 뜯어먹을 한 점 빛의 혈육도 없는" 곳에서 시인은 '당신'이라는 존재를 발견하는데, 아마도 그 '당신'은 어두워지는 "가슴 안의 적소"나 바람이 지나간 "공터 위"로 솟은 별처럼 "생의 바깥쪽"으로 걸어가는 시인 자신의 뒷모습일 것이다. 이처럼 기우뚱 걸어가는 '당신'의 모습은, 그동안 헛디뎌 온 발자국 소리도 지워지지 않는 폭설 속에서, "설맹의 시야"에 한마디의 "전언도 남기지" 않는 별빛이 더 이상 지상으로 흐르지 않는 비극적 모습을 환기하기도 한다. 언젠가 시인은 "어두운 곳에 오래 앉아 있으면/밝은 곳보다 더 잘 들리네/영혼의 숨소리까지 또렷이 보이네"(「토용(土俑) 하나」)라면서 어둑한 상황이나 실존이 오히려 영혼의 밝은 귀를 허락한다고 고백한 바 있는데, 바로 그 '어두운 곳'이 위 작품에서 '모르는 곳'으로 전이된 것이라고 할 수 있을 것이다. 그래서 '모르는 곳'은, 본적과 주소를 잃어버린 채, 어떤 근원적 실감을 간직한 생의 바깥쪽을 지속적으로 암시하면서, 시인으로 하여금 기우뚱한 삶을 이어가게 하는 실존적 거소(居所)로 남을 것이다.

잎들은 스스로 나무를 버렸다

빈 가지 끝,

가시처럼 11월이 걸려 있다

두 번째의 통증은 거대한 폭풍우를 동반할 것이다

짐승처럼 혼자

사람들 사이를 헤맨 나는

무릎걸음으로 지나간 시간을 추억했다

뼈 속까지 찬 허기를 꾹꾹 밟으며

아버지, 풍으로 쓰러진 집에 가지 못했다

내 안엔 걷잡을 수 없는 외로움이 짐승처럼 산다

먼 곳에서 어둠은

새벽안개와 자리를 바꿀 것이다

어떤 애증도 나를 완전히 지우지 못했다

질긴 가죽은 자주 발톱을 세웠다

사거리에 당도할 때마다

모진 마음은 천근만근의 사지를 머뭇거렸다

어머니, 홀로 아비 돌보는 상도동으로 스며들고 싶었다

더 늦기 전에 서둘러 강을 건너야 한다

멀리, 밤새 미쳐 놀아났던

네온사인도 눈물 빛처럼 어룽거리고 있었다

—「11월」 전문

    늦가을이 되자 잎이 떨어지고 남은 빈 나뭇가지 끝에 11월이 앙상하게 걸려 있다. 원래 11월은 겨울로 진입하는 시간이요 만물이 소멸하기 직전의 시간일 것이다. 이 작품에서 11월은 소멸과 불모의 배경으로 작용하는데, 이때 환기되는 시인의 통증은 "짐승처럼 혼자/사람들 사이를 헤맨" 시간들을 새삼 추억하게 한다. 그 시간을 그가 "무릎걸음으로" 고통스럽게 통과했기 때문이다. 그렇게 "뼈 속까지 찬 허기"를 지닌 채 "풍으로 쓰러진" 아버지를 지켜보는 일은 그가 벗어날 수 없었던 불행의 후경(後景)이었다. "걷잡을 수 없는 외로움이 짐승처럼" 살고 있는 내면을 두고 "먼 곳"과 "어둠"으로 상징되는 불모의 공간으로 그가 묘사하는 것은 그 점에서 자연스럽다. 하지만 시인은 "어떤 애증도 나를 완전히 지우지 못했다"면서 다시 그곳으로 스며들어, 더 늦기 전에 강을 건너, 어둑한 모습으로, 눈물 빛처럼 어룽거리는 네온을 투과하고자 한다. 이렇게 그는 아름다운 시편 「짧은 여행의 기록」에서 보듯, "내 영혼이 숨 쉬는 곳"을 소속처로 삼고, "언제나 결번"을 연락처로 삼은 채 오랜 시간을 살아왔다. 하지만 비록 그가 "어느 날, 내 영혼엔 애증의 바람 숭숭 들었다/긴 통증이 몰려올 것이다/오래 그치지 않을 것이다"(「바람 들다」)라고 애증과 통증의 세월을 고백한다 하더라도, 우리는 "휘적휘적 봉천(奉天) 간다/23평 벽산블루밍궁(宮)으로 간다/휘파람 불며/어린 왕자의 손을 꼬옥 잡고"(「모범이발관」)에서처럼 그가 삶과 사람에 대한 궁극적 긍정과 희망을 놓지 않는다는 것을 안다.

이처럼 어둑한 추억과 진정성 있는 고백을 이어가는 그의 시편들은, 시인 자신의 존재론적 기원(origin)이었던 그

오랜 시간이 여전히 아름답고 고통스런 생을 지속해 갈 것이라는 통찰을 개입시킨다. 그 점에서 그의 시편은 나르시시즘의 치명적 자기중심성을 벗어나고 있고, 어떤 완성형을 상정하는 관념이 아니라 늘 고통스런 현재형의 문맥 속에서 스스로를 성찰해가는 과정적(過程的) 실체로 존재한다. 아프고도 아름답다.

2. 사랑과 그리움의 언어

다음으로 우리가 확인하게 되는 김연성 시학의 한 축은 '사랑' 과 '그리움' 의 화법(話法/畵法)에 있다. 잠깐 일별해보아도 그는 '시' 를 통해 "세상 끝 어딘가에 웅크려 있을 상처뿐인 또 다른 사랑"(「사랑을 희망한다」)을 섬세하게 기억해내고, "그리움/속에/밤새도록/헛디딘/발바닥"(「또 그대에게」)을 아프게 재현해낸다. 그렇게 김연성 시편은 깊은 사랑과 그리움의 손길을 우리에게 내민다. 사실 온전한 '사랑' 이란 자기애(自己愛) 같은 회귀적인 것이 아니라, 상호적 속성을 띠는 것일 터이다. 하지만 그가 노래하는 '사랑' 은 귀환하지 못하는 고독과 결핍의 목소리일 경우가 많고, 충일감보다는 통증의 추억을 수반하는 때가 더 많다. 이때 '사랑' 역시 통증의 수사학으로 이어지게 된다.

사랑은 있다 나무에도

흔들리는 나무 잎새에게도
미처 흔들지 못한 동그란 사랑은 있다
푸르름이 썩어서 뿌리에게 거름이 되는

하루종일 온갖 공해의 도시 속으로
떠다니는 공기들에도
우리가 모르는 사랑은 있다
미세한 입자의 힘으로 서로를 끌어안으며
함부로 더러워지지 않기 위해
찌든 하늘 어디로든 흘러가는
그런 무모한 사랑은 있다

사랑은 있었네
한때는 사람들에게도
초가지붕처럼 동그랗게 모여 앉아
한 식구처럼 오래 위안이 되는
새 둥지처럼 포근한 사랑, 분명 있었네

날은 조금씩 무거워져 캄캄한 밤이 오리라
일방통행만 허용하는
거리에는 언제부터인지 무조건의 질주와
악몽처럼 깨어나는 욕망뿐이다

사각의거리사각의보도블록사각의책상사각의모니터…

이제 사람들은 누구나
사각형의 사랑을 비수처럼 품고 다닌다
—「사각형의 사랑」 전문

'사각형의 사랑'이란 무엇일까. 다른 시편에서 시인은 "그러고 보니 오늘, 그는 아무와도 말을 하지 않았다 혼자 떠 있는 섬에는 동료까지도 낯선 섬일 뿐"(「사각인간이 사는 도시」)이라고 말함으로써, '사각(四角/斜角/死角)'을 도시인의 분주하고 규격적인 삶을 은유하는 용어로 썼다. 또한 '사각'은 "그를, 사각책상이 맞이하고 사각의자가 주저앉힌다"(「어느 날, 그는 없다」)에서처럼 반복과 지속을 핵심 속성으로 하는 일상성의 은유로 쓰이기도 하였다. 이러한 '사각'의 관념이 '사랑'이라는 외피를 두르고 도시 한복판에 출몰한 것이다.

시인은 어디나 '동그란 사랑'은 있다고 말한다. 그 '동그란 사랑'은 푸르름이 썩어 뿌리에게 거름이 되는 아름다운 사랑이다. 또한 도시 속으로 떠다니는 공기에 묻어 있는 사랑도 있다. 그 사랑은, 시인이 '모르는 곳'에 오래 있었듯이, '우리가 모르는 사랑'으로 표현된다. 그 '사랑'은 미세한 입자의 힘으로 서로를 끌어안고, 자신을 지키기 위해 하늘까지 흘러가는 "무모한 사랑"이다. 그 '사랑'의 힘으로 초가지붕처럼 동그랗게 모여 식구처럼 오래 위안이 된 기억을 가지고 있는 시인은, "무조건의 질주와/ 악몽처럼 깨어나는 욕망"만이 나뒹구는 "사각의거리사각의보도블록사각의책상사각의모니터"가 사각사각 점령해

버린 도시에서 칼날처럼 반짝이는 "사각형의 사랑"을 발
견한다. 결국 이 작품은 현대인의 사랑을 비판적으로 묘
사한 외관에도 불구하고, 초가지붕처럼 동그랗게 모여 한
식구처럼 오래 위안이 되었던 그 "새 둥지처럼 포근한 사
랑"이 존재했었던 기억을 심층에 품고 있다 할 것이다. 그
가 꿈꾸는 '사랑'은 그래서 "오늘도 절룩거리는/내 사랑"
(「병 속의 사랑」)이기도 하지만 "몹쓸 그리움에 허기진 사
랑"(「조팝나무 꽃을 보면서」)이기도 한 것이다.

  이러한 근원적 '사랑'에 대한 회억(回憶)은 하염없는
'그리움'으로 시인을 적셔간다. 아마도 이번 시집에서 가
장 많이 등장하는 시적 키워드는 '그리움'일 것이다. 시
인은 그렇게 "그리움이라는 긴 기차"(「꽃의 불륜에 관한
문답」)를 타고 "먼 그리움과 오래 내통"(「흰 눈」)하면서
"내 모든 그리움의 자생지(自生地)"(「망개나무의 노래」)를
일일이 찾아 나선다. 사실 '그리움'이란 일정한 시간을
사이에 두고 대상의 '존재/부재'를 동시에 경험하는 일이
아닌가. 그러니까 존재와 부재 사이의 그윽한 실감이 시
인을 이토록 진한 '그리움'으로 이끌어간 것이다.

  밤에, 희뿌연 그림자를 따라 나아갔었다 앵두나무 우물
  근처에서 환청이 들려오고 삐걱이는 시간의 계단을 자주
  헛딛다 보면 허리 잘린 그믐달이 얇은 바람소리에도 소스
  라치며 놀라 흰 눈썹처럼 공중에 박혀 있었다

  고향집, 오래된 우물을 지키던 커다란 능구렁이가 꽃뱀

의 대가리를 반쯤 삼키다 우물가에 토해놓고 스르르 바위
틈으로 사라져버리던 유년의 공포 속에서 자꾸 헛손질하는
중풍 든 아버지의 가는 손가락이 언뜻 허공중에 비칠 때마
다 붉게 각혈하는 그리움이여, 몹쓸 몽유병이여…,

    꿈에, 나는 일란성 쌍둥이었네 저 푸른 속초 바다 자궁에
서 태어났다네 내 동생 먼 수평선을 뚫고 치솟는 붉은 해 한
번도 보지 못하고 나를 버리고 하늘나라로 훌쩍 떠났네
"형, 나를 잊지 마세요" 그 푸른 파도 소리 따라 클레멘타인
노랫소리 밀려오네 불혹 지난 지금도 내 안에 출렁거리네

    오늘밤, 죽은 동생이 또 나를 부르네 나는 어서 막다른 그
곳으로 가고 싶네 그래 숨 쉬는 동안 알 수 없는 공포가 나
를 망가뜨린다 해도 그 그리움이 폐허가 된 감옥이 아니라
새로운 희망이 되고 또 다른 욕망이 되어 흘러가야 하는 모
진 물살이라는 것을 아네, 그리움은 몸서리치면서 길을 만
드네

    아침마다, 하얗게 이빨을 드러낸
    몽유의 임종을 맞으면서 심호흡하는 그리움이여,
    일란성 그리움이여!

    모든 그리움은
    "내 길 내놔라, 내 길 내놔라"
    성난 물길처럼 외친다, 속으로 외친다

이 애절한 시편은 환청 속에서 헛디딘 '시간의 계단'에 대한 기억으로 시작된다. 그 환청의 시간은 고향집 오래된 우물에서 흰 눈썹 같은 달빛을 받고 있다. 밤의 우물 풍경에서 각인된 "유년의 공포"를 환기할 때마다 시인에게 떠오르는 것은 "헛손질하는 중풍 든 아버지의 가는 손가락"이다. 이러한 공포의 기억을 그는 "붉게 각혈하는 그리움"이자 "몹쓸 몽유병"이라고 명명한다. 그리고 꿈에서 그는 수평선을 뚫고 치솟는 태양 한 번 보지 못하고 하늘나라로 떠난 일란성 쌍둥이 동생을 보는데, 동생은 "형, 나를 잊지 마세요"라고 마치 클레멘타인 노랫소리 같은 말을 남긴다. 그 말은 시인이 불혹을 넘기는 동안 파도처럼 출렁이며 그대로 있다. 이러한 '밤'과 '고향'과 '꿈'의 기억을 지나, 시인은 오늘밤 알 수 없는 공포가 자신을 망가뜨리려 하지만 "그 그리움이 폐허가 된 감옥이 아니라 새로운 희망이 되고 또 다른 욕망이 되어 흘러가야 하는 모진 물살"이라는 것을 깨닫는다. 모진 고통의 기억을 지나 희망과 삶의 욕망으로 번져가는 동안 "그리움은 몸서리치면서 길을" 만들고 "몽유의 임종을 맞으면서 심호흡" 하며 "내 길 내놔라, 내 길 내놔라" 하고 외치는 속 깊은 모습을 바라보는 것이다.

이렇게 김연성 시인이 정성스레 보여준 '사랑'과 '그리움'의 언어는, 그 저류(底流)에 어둑한 죄책감과 깊은 회한을 드리우고 있다. 시인은 자책과 회한을 지나, 생의 길목마다 흩뿌려져 있던 깊은 기억의 내상(內傷)과 조우하면서, 상처의 등가물을 시적으로 포착하고 형상화한다. 그 점에서 그의 시편은 근원적 자기 회귀를 열망하는 서정의 원리로 가득한 결실이다. 물론 시인과 대상 사이의 날카로운 균열 양상을 포착하는 아이러니 혹은 반(反)동일성의 미학까지 포괄하는 것이 서정의 원리이기는 하지만, 우리는 아직도 서정의 근원적 자기 회귀성이 시의 양도할 수 없는 핵심이라고 믿는다. 이때 김연성 시인이 지난 시간에 대한 응시의 힘으로 '사랑'과 '그리움'을 발화하는 것은 매우 자연스러운 일이 된다. 또한 그 응시의 힘으로 다시 희망과 활력을 회복하는 상상의 과정 또한 자연스럽게 수반되는 것이다.

3. 타자들의 삶에 대한 공감적 응시

우리가 보아온 것처럼 김연성은 '사랑'과 '그리움'의 시학을 통해 자신의 시적 수심(水深)을 깊이 들여다보는 시인이다. 하지만 이러한 그만의 시적 표지(標識)가 퇴행적이거나 회고적인 정서에 머물러 있는 것은 아니다. 오히려 그는 사랑과 그리움의 결과를 역동적 꿈의 세계로 끌어올리는 것을 잊지 않는다. 물론 그 꿈은 비원(悲願)의 형식을 띠고 있지만, 신생의 꿈을 역설적으로 부여한다는 점에서 김연성 시의 본원적인 원동력이 된다 할 것이다. 이러한 꿈의 형식이 그의 시편들을 동시대 타자들에 대한

연민과 공감으로 이끌어간다. 그만큼 그의 시선은 "사는
동안 위험한 사연"(「강원여객」)이 많은 그런 삶, "눈물은
오래 참다 뚝 떨어지는 순간, 저 바닥까지는 천길 벼랑"
(「벼랑에 서다」)인 삶을 향한다. 그렇게 위험한 벼랑에 서
왔고, 또 그러한 삶을 이어가고 있는 존재들에 대한 초점
을 그는 견결하게 지켜오는 것이다. 그 가운데 가장 직접
적인 대상은 아마도 가족일 것이다.

주름도 계단이었다
보라매병원 가기 위해
홀로 길을 나선
팔순 노모의 얼굴 가득
퍼지는 주름살 너머
좁고 가파른 골목 계단 위로
아침 햇살이 서둘러 펼쳐진다
저 계단을 밟고
3남 2녀는
모두 어디로 흘러갔을까
너무 아픈 세상의
쭈글쭈글한 주름 속을 다 통과하면
행복한 집으로 돌아올 수 있을까
지난 여름,
인공관절 수술을 한 노모가
산동네 계단을 오른다
오늘도 큰아들 걱정을 하며

　　뒤뚱

　　뒤뚱

―「주름을 오르다」 전문

　이 시편은 '주름'의 굴곡진 형상을, 층층 올라가야 하는 '계단'으로 비유하고 있다. 주름 가득한 팔순 노모가 홀로 병원에 간다. 얼굴의 주름이 마치 좁고 가파른 골목 계단 위의 햇살처럼 퍼진다. 이때 주름의 계단은 오랜 시간 자식들을 키워온 노모의 세월을 암유(暗喩)한다. 흩어진 자식들은 아픈 세상의 주름 속을 다 통과하면 집으로 돌아올 것이다. 인공관절 수술을 한 노모가 산동네 계단을 오르는 장면에서, 노모의 주름과 계단의 굴곡이 아스라하게 겹쳐진다. 김연성 시인은 이렇듯 가파른 삶을 헤쳐온 노모의 삶의 음영(陰影)을, 주름과 계단의 유사성에서 유추하여, 고단함과 오랜 시간으로서의 속성을 형상화하고 있다. 비록 노모가 주름을 다해 꾸는 꿈은 비원(悲願)이지만, 그 꿈이야말로 여전히 우리를 살아가게 하는 근원적 힘으로 나타나고 있는 것이다.

　그 점에서 김연성 시인은 "IMF 때 부도난 형님네 식구는 지금도 부도중이고 상도동 반지하 월세방엔 팔순의 아버지 스무 해를 넘게 중풍으로 누워 계시네 그 모진 세월, 간호에 지친 노모마저 폐병이 도져 시름만 깊은데"(「끝없는 통화―나 아닌 내가 나 아닌 다른 나에게」) 같은 사실적 기록도 남기고 있고 "삶이 한낱 주술 같은 거라면 어떤 기록을 남길 수 있을까"(「얼굴이 없다」)라면서 아스라한 삶의 굴곡과 그늘을 담아내기도 한다. 그때 터져 나오는 "비명은 끝내 몸 밖으로 새어나가지 않을 것"(「울음은 눈물을 보이지 않는다」)이다. 다음 시편은 그러한 연민과 공감의 시선이 동시대의 타자들로 확장되는 모습을 선명하게 보여준다.

어느 날부터 그는 창을 닦았다, 돌연한
실직이 외출을 허락하지 않았으므로
유리창 속에는 날마다 풍경이 낡아갔다

세상은, 언제나, 구, 조, 조, 정, 중이다

뜬눈으로 창을 닦다가 간혹, 참새가
햇살을 쪼아대는 빛나는 아침을 맞기도 하였으나
새들의 지저귐은 더 이상 전달되지 않았다
바깥소문을 자세히 살필 수 없었으므로

어느 날은 장대비가 창문을 두드렸고
또 다른 날에는 발목까지 눈이 쌓였지만
아프기라도 하여 그의 노동이
잠깐씩 멈추는 날이면, 창에는 먼지가
두껍다랗게 끼고 성에가 뿌옇게 쌓여갔다
세상은 또 그와 단절되는 것이다

얇은 희망은 고립되었으므로

내부의 울음은 창밖으로 번지지 않았다

아무것에도 누구에게도
아랑곳하지 않고 그는, 창을 닦을 때마다
혼잣말로 중얼거렸다
나와 화해할 수 있을 때까지
세상을 용서할 수 있을 때까지
창을 닦을 거야, 창을 닦을 거야

먼 어느 날이 마지막 방문객처럼 찾아와
그의 죽음을 주치의가 진단했을 때
많은 문상객들은 슬퍼하였으나
그의 창 속에 꽂혀 있는 수많은 창들을
아무도 볼 수 없었다
— 「그는 창을 닦는다」 전문

　　이른바 구조조정으로 돌연 실직한 '그'는 어느 날부터
창을 닦기 시작하였다. 유리창 속은 날마다 풍경이 낡아
가고 있고, 유리창 밖에서는 '그'가 뜬눈으로 창을 닦다
가 간혹 참새가 햇살을 쪼아대는 빛나는 아침을 맞기도
한다. 비가 오거나 눈이 오거나 아프기라도 하여 '그'의
노동이 멈춘 날에는, 창에 먼지가 끼고 성에도 쌓여갔다.
그렇게 '그'의 노동이 멈추면 유리창도 활력을 잃어간 것
이다. 순간 '그'와 세상은 단절되고, 고립된 희망과 내부
의 울음은 창밖으로 번져가지 않는다. '그'는 스스로와

146

화해할 수 있을 때까지 그리고 세상을 용서할 수 있을 때까지 창을 닦으리라 중얼거린다. 그러다가 "먼 어느 날"이 찾아와 '그'의 죽음과 마주칠 때 '그'의 창 속에 꽂혀 있는 수많은 창들을 아무도 보지 못한다. 그렇게 '그'에게 '(유리)창'은 그만의 가파른 노동 현장이자, 그의 '눈'이자, 육안으로는 볼 수 없는 궁극적 마음이기도 하다.

이렇게 김연성 시인은 "살아 있을 동안 우리,/캄캄한 희망이라는 역을 몇이나 더 지나쳐야/행복한 집으로 갈 수 있을까"(「맞벌이 부부—신림에서 양재역까지」)라면서 고단한 노동의 삶을 통과하는 이들을 공감적으로 응시한다. 또한 "어떤 바닥은/허공의 깊은 혓바닥에 매달려 있을 때/아름답다"(「바닥을 위한 각서」)고 노래하면서 혹은 "가난은 죄가 아니라 서로가/서로를 덮어줘야 할 온기와 같은 것이니/마음이 마음을 덮을 수 있다면/허기진 몸뚱어리도 조금은 따듯해지지 않겠냐"(「수도꼭지의 말」)라고 위안하면서 고된 한 세상을 건너가고 있다. 구부러진 삶이 가까스로 일어날 때 그가 "누구에게나 일평생은 직립을 위한 몸부림이 아닐까"(「구부러진 자세」)라고 이야기하는 순간, 타자들의 삶에 대한 공감적 응시를 기저로 하는 김연성 시학은 단연 눈물 빛으로 아름답다.

4. 위안과 치유 너머 있는 것

우리가 잘 알고 있듯이, 우리 시대는 이미 개인의 결단

여부를 넘어, 자본의 자기표현인 시장의 영향에서 한 치도 자유로울 수 없다. 이러한 상황에서 시의 입법(立法) 기능은 현저하게 줄어들었다고 할 수 있다. 이러한 시대에 미시적 세공보다는 삶의 성찰적 기능과 역설적 희망의 담론을 구축해가는 시편은 매우 긴요하고 또 종요로운 권역을 개척해가는 경우일 것이다. 지금까지 우리가 읽어왔듯이, 김연성 시편은 상처와 울음과 고통에 대한 자기 위안과 치유의 속성을 강하게 견지하고 있다. 그리고 어둑한 추억과 진정성 있는 고백을 통해, 사랑과 그리움의 언어를 통해, 고단한 타자들의 삶에 대한 공감적 응시를 통해, 삶의 성찰적 기능과 역설적 희망의 담론을 제공하고 있다.

원래 시의 가장 중요한 원천은 결핍과 부재를 견디는 힘에서 생겨난다. 있어야 할 것들의 부재에 대한 가장 근원적인 처방이 바로 시가 가진 종요로운 힘일 것이다. 김연성 시인은 "눈물샘 다 말라버린 눈구멍 속에서 세상에,/ 세상은 정말 아름다워질 수 있을까"(「세상은 아름다워질 수 있을까」)라고 물으면서 시가 가지는 항구적인 심미적 기능을 믿고 있다. 그 믿음이 자기 위안과 치유 너머 있는 것을 상상하게 하면서, 그의 언어를 더 깊은 시의 수심으로 잇닿게 할 것이다. 그리고 그 믿음에 우리도 서서히 잠겨갈 것이다.